人妻アフターサービス

桜井真琴

双葉文庫

目次

人妻アフターサービス

プロローグ

「以上でご契約成立ですっ！　ありがとうございます」

春日《かすが》純一《じゅんいち》はフロア内に響き渡る大きな声で、いきおいよく頭を下げた。

若い夫婦が潤《うる》んだ瞳で純一を見つめてくる。

「こちらこそ、すごく親身になっていただいて……春日さんにはホントに感謝しています」

「いえいえ、契約書にサインしてからがホントのお付き合いですよ。私たち〈みつともホーム〉にお任せください。末永くサポートいたしますから」

横にいた課長や同僚たちが拍手《はくしゅ》してくる。

「ありがとう、春日さん。よかった、春日さんに頼んで」

若い旦那が手を握ってきた。

「住宅は人生で一番高い買い物です。私たちは自分たちの利益よりも、住む人の幸せが最優先ですから」

純一も力強く握り返す。

その笑顔の裏で、頭の中では電卓を弾《はじ》いていた。

（頭金は八百万か……よーし、ノルマ達成だっ。まいどありーっ）

こうなると、もう目の前の夫婦が札束にしか見えない。

これで営業成績は二カ月連続トップ。課長代理への昇進が見えてきた。

二十六歳の若さで、もし課長代理になれれば異例のスピード出世である。

（きたぞー、タワマンが見えてきたっ）

他人の羨望《せんぼう》を集めるバロメーターは、いつの時代も金だ。

いい家に住み、いいクルマに乗る。金を使わないと言われている今どきの若い連中でさえも、本音では羽振《はぶ》りのいい生活をしたいのだ。

客が帰った後、デスクに戻って契約書をまとめていると、ひとつ上の先輩の田《た》渕《ぶち》が生真面目《きまじめ》そうな顔でやってきた。

「やるじゃないかよ。だけどな、ちょっとあのやり方はな……」

田渕が眉《まゆ》をひそめる。

純一は手を止めて、振り向いた。

「やり方？」

「ああ。あんな短い工期でできるのかよ。ウチは今、そんな余裕ないだろ」

「ウチがぎりぎりなのはわかってます。〈秋川《あきかわ》〉にでも投げますよ」

〈秋川〉というのは、〈みつともホーム〉の下請《したう》けの工務店である。

「投げるって……丸投げはヤバいだろう。禁止されてるし、それにあんな工期でやれって言ったら、手抜きしかねないぞ」

「別に問題ないじゃないっすか。とにかく建ててしまえば、あとはなんとでもなります。つーか、お説教もいいですけど、僕の売り上げを抜いてから、そういう話をしてくださいよ」

得意げに言うと、田渕は唇《くちびる》を噛《か》んで真っ赤になっている。

純一は続ける。

「今のお客さん、めちゃくちゃ感謝してたじゃないですか。工期の希望も叶えてあげて、しかも安くしてあげました。客は満足してウチの会社も儲《もう》かる。それがいい住宅営業マンだと思いますけどねえ。じゃあ、これから商談があるんで」

鞄《かばん》に書類を詰めてから、純一は足早に営業部を後にする。

（ふん、嫉妬《しっと》かよ。僕に抜かれたからって……）

今どき真面目にやるなんて、バカのすることだ。

この不景気で不動産業界もあまりよくないが、リモートワークが増えて家にいる時間が多くなり、注文住宅の需要は増えてきている。

賃貸《ちんたい》やら建《た》て売《う》りもやる大手は大変だろうが〈みつともホーム〉は、注文住宅を専門で請《う》け負《お》うハウスメーカーなので、いい風が吹いている。

商機は逃したくない。

多少強引に話を進めても……売ってしまえば、あとはどうにでも……。

「キャッ!」

考え事をしていて、女子社員とぶつかってしまった。

彼女の持っていた書類が廊下に散乱する。

「あっ、ごめっ……」

慌《あわ》ててしゃがんで書類を拾う。

「いえ、こちらこそ、ごめんなさい」

彼女は紺《こん》のタイトスカートの裾《すそ》を直しながら、こちらを見た。

(あっ、千夏《ちなつ》ちゃん)

成田《なりた》千夏。

この会社の人気ナンバーワンで、同僚たちもみんな狙っている女子社員だ。少し前までダメ営業マンだった純一からすれば高嶺《たかね》の花《はな》である。

「春日さん。私が拾いますから」

「いや、いいんだよ。僕が悪いんだから」

拾いながら、

(おおっ、普通に会話できてるぞ)

と、感動してしまった。

何せ社内のナンバーワン美人だ。以前なら気《き》後《おく》れしていた。

だが営業成績二カ月連続トップの今なら、自信を持って会話できる。

(自信って大事だな……ん?)

千夏はこちらを向いて、腰を落として書類を拾い集めていた。

タイトスカートだからしゃがんでいると、太ももが目に入ってくる。ナチュラルカラーのパンティストッキングを穿《は》いた、ムッチリした太ももだ。

(いい脚してるなあ……くううっ、たまんない)

そのときだった。

千夏の膝《ひざ》が、しゃがんだまま、わずかに開かれた。

肉感的な太ももがスカートの奥の際どいところまで見えている。

（色っぽいな……）
書類を拾いながら、ちらちら見ていると息が止まった。
千夏がさらに脚を開いたので、股間を覆《おお》う白い下着が目に飛び込んできたの
だ。
（ち、千夏ちゃんのパ、パンティ……し、白か……）
見てはだめだと思いつつも、目が吸い寄せられる。
パンティの上部はレースが施《ほどこ》され、わずかに透《す》け感《かん》もある。
よく見るとクロッチの真ん中がワレ目の形に窪《くぼ》んでいた。汗ばんで張りついて
しまっているのだろうか。
（なんてエッチな下着を穿いてるんだよ、仕事中に……）
刺激的すぎる下着だった。
ふいに、千夏がジッと見つめてきたのに気づいた。
慌てて目をそらす。
（やば……でも、そんなに脚を開いてたら誰だって見るって……）
もう一度千夏を見ると、イタズラっぽい笑みを浮かべていたから、腋《わき》から汗が
噴き出した。

「ありがとうございました、春日さん」

千夏は純一の手から書類を受け取って立ちあがる。

「い、いや……」

純一もドキドキしながら同じように立ちあがる。

千夏はクスッと可愛《かわい》らしく笑って、ちょっと屈《かが》んで、と手でジェスチャーした。

(なんだ……？)

うながされるまま少し前屈みになると、彼女は甘い声でささやいた。

「……エッチ……私のパンティ、あんなに見ちゃダメでしょ」

「えっ！」

大きく目を見開くと、彼女は妖《あや》しげに口角《こうかく》をあげて通り過ぎていく。

(い、今の……まさか、わざと僕にスカートの中を見せた……？)

小躍《こおど》りしたい気分だった。

やはり仕事のできる男はモテるのだ。またやる気が出てきた。

正直者が馬鹿を見る……かしこい自分は、そんなことごめんだ。

売って売って売りまくって、いいところに住んで、いい女をはべらすのだ。

第一章　びしょ濡れの人妻

1

(売って売って売りまくって、いいところに住んで、いい女をはべらすのだ)

純一は半年前を思い出して、嘆息《たんそく》した。

あの決意はなんだったのか……。

社内のエレベーターの中。

段ボールの荷物を持ったまま、純一はまた深いため息をついた。

アフターサービス課は、ビルの三階の奥にある。

ちなみに三階には今まで一度も降りたことがなくて、降りてみたら、なんだか空気がどんよりとしていた。

(いきたくねえなあ……)

重い足取りで、オフィスを目指す。

アフターサービス課は、十年前にできた部署だ。

近年、民法が改正されて「契約不適合責任」というものがハウスメーカーに課せられるようになった。

要は契約と違うものを売却したら、買主《かいぬし》側を保護するための法律だ。賠償《ばいしょう》請求されたり、無償《むしょう》で直したりしなければならないってことで、買主側を保護するための法律だ。

これにより、かなりの数の悪徳業者がつぶれたらしいが、とにかくやっかいな法なのである。

なにせ、新築住宅の場合は保証期間が最低十年。

それでも家は一生モノなので、各メーカーはこぞって「特約」といって、保証の期間を延ばしたり、本来は保証外のもの……例えば定期検診をしたりして、客の買う気を引くわけだ。

そこで「アフターサービスに力を入れている」ってことを、どこのメーカーも売りにし始めて、〈みつともホーム〉も同じようにアフターサービス課をつくったのだが、これが社内一の不人気部署なのだ。

なにせ、客の対応が面倒くさい。

注文住宅の客は、建て売りじゃなくて一から建てたという自負があるから、

「我が城」という思いが特に強い。

なので、

「やっぱりこっちの間取りの方がよかった」

と、建ててから文句を言い出すわがままな金持ちやら、

「断熱材のメーカーが気に入らない」

などと言う、常人には理解できないこだわり持ちやらが、ひっきりなしに電話してくるのである。

もちろん営業時代にも、クセの強い客は多かった。

だが客の無茶な要望は、口八丁手八丁で言いくるめてきたが、アフターサービスとなると、付き合いが長くなるから適当にはあしらえない。

ちょっとしたトラブルでそんな部署に異動になるのだから、お先真っ暗だ。

(まいったな……いっそ転職でもするか……)

またため息が出た。

そのときだ。

「いらっしゃい。でも、異動する部署の前でため息はどうかと思うわよ」

「へ？」

振り返ると、ステッチの入ったシックな濃紺のジャケットに、タイトミニスカートと黒いストッキング姿のすらりとした美人が立っていた。

首元には赤いスカーフを巻き、髪をアップにした美人は、エレガントで上品なキャビンアテンダントにしか見えない……。

（ＣＡさん？　なんでこんなところに？）

清楚《せいそ》なＣＡに呼び止められた理由もわからないし、そもそもなんでハウスメーカーの社内にいるのか見当もつかない。

「今日から配属になったんでしょ？　営業部の元エースさん」

ちょっと皮肉《ひにく》っぽい言い方にカチンときたが、純一は営業スマイルを見せる。

「ええ、まあ」

「じゃあ、どうぞ。入って」

ＣＡのあとに続き、両開きのガラスドアを開ける。

部屋のつくりは営業部と同じだが、やけに狭い……と思ったら、四方の壁際に段ボールが高く積まれている。

「今日の格好、ずいぶん攻めてるね、谷川《たにがわ》さん」

手前のデスクに座る、ふくよかな男がＣＡの美人に声をかけてきた。

甲高《かんだか》い声でびっくりした。

丸っこい顔で肌がつやつやして、子どもっぽいが、意外に歳がいってそうな気もする。

営業を四年経験して、いろんな人を見てきたつもりだが、さて何歳かよくわからない得体《えたい》の知れない男が、スナック菓子を食べた手を、グレーの作業着の裾で拭《ぬぐ》っていた。

服装に頓着《とんちゃく》はなさそうだけど、そのわりに大きなネックレスやらブレスレットをしている。ただ首も手首も太いので、ネックレスにいたっては首輪と言った方がしっくりくる感じだ。

「川辺《かわべ》くん。どう？　どっからどう見てもCAでしょう？　変装のバリエーションを増やしてるのよ」

谷川と呼ばれた彼女が、くるりとその場でターンした。

（変装って、なんなんだよ……それにしても、この人すげえスタイルいいな、というか、おっぱいでかっ）

ジャケットでは隠しきれない巨乳が、下に着たブラウス越しに揺れ弾んでいるのが目に飛び込んでくる。

すらりとして腰はくびれているのに、おっぱいやお尻は大きい。もしかするとFカップとかいう、グラビアでしかお目にかかれないような代物ではないか。タイトミニがはちきれんばかりのヒップも、震いつきたくなるほど肉感的である。

しかもだ。

これがまた瓜実顔《うりざねがお》の美人だから、たまらない。

目鼻立ちは整っていて、涼《すず》やかな切れ長の目が、ゾクゾクするほど色っぽかった。品があり、少しお高くとまってそうな雰囲気《ふんいき》ではあるが、美人だ。

（人妻かなあ……年は上だろうな……三十そこそこ）

と、見とれていたものの、変装というのは一体なんだろうという疑問が湧《わ》いてきて純一は訝《いぶか》しんだ。

と、そこに……。

「やあん、けっこうイケてるじゃない。さすが、営業部の元エース」

ひょいと顔を覗《のぞ》き込んできた女性社員の姿を見て、また驚いた。

（キャバクラ嬢か？　なんだこのケバい女は……）

金髪のセミロングに、まん丸の黒目がちな双眸《そうぼう》。そしてアヒルロ。小麦色の肌に、派手なマスカラにピンクの唇。

着ているのは〈みつともホーム〉の女子の制服なのだが、タイトスカートが信じられないくらい短くて、太ももがキワドイところまで見えている。

前屈みになったら、後ろからパンティが見えそうである。

「あ、あの……えーと……田所《たどころ》課長は？」

とにかく、この部屋の長《おさ》と話をしようと訊いてみると、

「いるじゃないの、そこに」

「へ？」

奥のデスクに、いつの間にか人が座っていてギョッとした。

「課長って存在感ないっしょ。元探偵だから、気配を消すのが得意なのよねえ」

ギャルがからから笑う。

「はあ」

（元探偵？　キャバクラ嬢にＣＡに、首輪をつけた小太りの男……マジでなんなんだ、この部署は）

キャラが濃すぎて、げんなりしてきた。

クセの強い客の対応ばかりで普通の社員はみんな退職し、同じようにクセの強

い社員だけが残ったのだろうか。

とにもかくにも段ボールを持って、田所課長のところに行くと、

「ああ、ご苦労さん。おーい、営業部の元ナンバーワンの春日純一くんや」

と、座ったままみんなに紹介された。

ぞんざいな扱いにムッとするも、まあ当然だろうなという思いもある。

とにかく工期だろうがアフターケアだろうが、あとは人任せとばかりにとにかく注文を取りまくった売上至上主義者だったのだ。

下請けに丸投げしたことも何度もあるし、ムチャな工期で建築を請け負ったこともある。特約期間の延長やら保証外のアフターにも対応すると適当なことを盛って話したことも一度や二度ではない。

アフターサービス課からすれば、諸悪の根源であろう。

そんな人間が人事異動でやってきて、

「今日からよろしく」

と、すんなりいかないのはわかっていた。

「あの……春日です。よろしくお願いいたします」

こちらもぞんざいに頭を下げる。

拍手をしてくれたのは、キャバクラ嬢と小太りの男だけだった。

「じゃあ吉村《よしむら》くん、ウチの課の紹介を。あと、谷川くんが上についてくれ」

田所課長はそれだけ言うと立ちあがり、仏頂面《ぶっちょうづら》の強面《こわもて》のまま、短く刈った髪の毛を触りながら出ていった。

キャバクラ嬢が上目遣《うわめづか》いに「えへへへ」と笑う。

「私は祥子《しょうこ》ね。吉村祥子。よろしくね、純一くん」

いきなり下の名前で呼ばれた。

まさにキャバクラだ。

「それと、紹介するわね、あのCAが谷川希美《のぞみ》さん。バツイチの三十六歳。趣味は変装」

CAの格好をした美女が、眉を吊り上げる。

「ちょっと、そんなことまで話さなくてもいいでしょう。それに年齢も」

希美が非難した。

ということは、祥子が言った情報は本当らしい。

(三十六歳？　バツイチ？　まじかよ。もっと若く見えるな。だけどにじみ出るムンムンとしたフェロモンは、さすが元人妻ってところか)

成田千夏がナンバーワンかと思っていたが、いやいや希美も悪くない、それどころか色っぽさやスタイルのよさは、希美に軍配があがりそうだ。

（なんでこんな部署にいるんだろうな）

針のむしろの中で、唯一のオアシスかもしれない。

「んで、こっちが川辺さんね。三十歳。風水《ふうすい》マニアなの」

太った男が、クッキーを食べながら頭を下げる。

（風水マニア……ああ、だから首輪……じゃなかった、ネックレスなのか）

なるほどなあと納得していると、

「家なんか真っ黄色ですもんねえ、川辺さん」

祥子がアハハと笑うと、川辺は鼻息荒く、純一の前に立って首をかしげる。

「んー、ちょっと家の方角が悪いんじゃない？　引っ越した方がいいかも」

「は？」

いきなりなんなんだ。

ムッとすると、川辺がつぶらな瞳で、

「あれー？」

と、首をかしげた。

「なんかついてるなあ。キミの首の後ろ」

真顔で言われて、ますますムッとした。

「あのですねえ。僕はそういうオカルトとか……」

「うーん。観葉植物の位置がよくないなあ。ベッドの頭のところにあるでしょ。脚の方がいいと思うよ。あと、ドアを開けるとすぐベッドってのもよくない」

ゾッとした。

（あてずっぽ……だよな……）

とはいえ、家に帰ったら模様替えだけはしておこう。

「あ、でも女性運はよくなりそうな間取り」

「……わかるんですか？　ホントに」

「さあ？　なんとなくだけど」

……どうもつかみどころのない男だ。

「あとは、外出してるけど、近藤《こんどう》さんと高宮《たかみや》さんがいますから、全部で七人」

祥子に、こそっと訊いてみた。

「あの……谷川さんって、なんでコスプレなんか……」

「ああ、メンテの前に、こそっとお客さんのお家をまわるのよ。お客さんが気づいてないところがないか、普段の暮らしぶりを見たいから、バレないようにしてるんだって。まあ趣味と実益を兼ねてってとこじゃない？」

「はあ」

純一は生返事をした。

（住宅地をCAがうろちょろしてたら、むしろ目立つんじゃや……）

やはり変わっている人間しかいないようだ。

2

「クレーマーですか」

数日後、社用車のワゴンを運転しながら、純一は助手席に座る川辺に訊いた。

「いや……クレームっていっても無理難題ってわけじゃなくて、とにかく細《こま》かいことを言うんだよねえ。エアコンの効きが悪いとか、カーテンレールが数ミリ曲がってないか？　とか」

川辺はポテチを食べながら、スマホを見ている。

明らかに車体の左側が沈んで、ハンドルを取られそうになる。

このボロいクルマでは、川辺の体重を支え切れないいんじゃないかと心配になる。しかも冬だというのに本人は暑いらしく、冷房を入れてくるので車内は手がかじかむように寒い。

「それってクレーマーでしょ？」

「いや、でもねえ。こっちが《こうじゃないですか？》って言うと、すぐに納得してね。ごねたりは絶対にしないんだよ。それに美人だし」

「へえ」

適当に聞いていたが、最後の一言でちょっと興味が湧いた。

（美人か……いいな。たしかにこの人の言うように女運は上がったかも……）

不人気の職場だが、希美がいたのは収穫だった。

三十六歳のバツイチでコスプレ好きというのは考えものだけど、それを補《おぎな》って余りある巨大なおっぱいとお尻である。

（しばらくは辞めないでおこう）

純一は右折のためにハンドルを切った。

川辺のスマホがダッシュボードの上を滑ってきて、画面をチラリと見たら、巨乳の女の子のアニメ画像がバッチリ映っていた。ミニスカートでパンチラしていた。

（ロ、ロリコンか……）

見た目通り過ぎて、ちょっと引いた。

川辺はアハハと笑ってスマホを手に取ると、

「美少女仮面フォンテーヌ。おもしろいんだよお。ブルーレイ、全部持ってるんだけど、貸そうか、今度」

「い、いえ……」

「こういうの興味ないかあ……」

「いや、その……そういうわけじゃ」

「ホント？　じゃあ明日持ってくるから、感想教えてね」

と、いきなり上機嫌だ。

どうも営業時代のクセで、断るってことができなくなっている。

「グフフ。ねえ、春日くんもＬＩＮＥ《ライン》やってるよね？　僕の入ってる同好会のＬＩＮＥグループに入れてあげるね」

スマホがブーッ、と鳴った。

やっぱり辞めたくなってきた。

友田《ともだ》家は瀟洒《しょうしゃ》な三階建てだった。

購入したのが一年前らしいが、まったく記憶にないから誰か他の営業マンが受注して建てたのだろう。

社用車を停めて、インターフォンを鳴らす。

すぐに相手が出たが、なんだか少し焦《あせ》っているような声音《こわね》だ。

「あの……〈みつともホーム〉……」

「み、〈みつとも〉さんですよねっ……今、ちょっと……お水が……キャッ！　お願い、早くっ。キッチンで……」

切羽《せっぱ》つまった女性の声に、純一は川辺と顔を見合わせる。

「……どうします？」

「なんか慌ててるから、入ってもいいんじゃない？　早くって言ってるし」

川辺がドアを開けると、女性の悲鳴が聞こえてきた。

靴《くつ》を脱ぐのを手間取る川辺の横をすり抜け、純一は慌てて中に入って悲鳴が聞こえてくる方へと急ぐ。

リビングに入り、奥のキッチンに目を向けた瞬間、純一は固まった。

（へっ……お、お尻っ⁉）

女性が四《よ》つん這《ば》いになって、シンクの下の扉を開けて何か作業していた。

フレアスカートのお尻が揺れている。

どうやら水漏れしてしまったようだ。それをタオルか何かで押さえているらしい。あたりは水浸しになっていた。

（こりゃあ、結構、ひどいことになってたんだな）

慌てて声をかけようとするも、一瞬、ためらった。

シンクの下の奥の方に手を伸ばそうとしたようで、女性のお尻が持ち上がった。すると濡れたスカートの裾が大きくまくれて太ももはおろか、ラベンダー色の下着が目に飛び込んできたのだ。

（パンティが丸見えだっ）

息を吞んだ。

美人妻と評判の、友田彩也子《さやこ》のパンティだ。

三十四歳の人妻の色香が、腰まわりや太ももから、ムンムンと匂い立つほど漂《ただよ》ってきていた。

家の中だから、パンティストッキングは穿いていない。

パンティはナイロン地の無地だが、その普段使いのような地味な下着が、人妻の生々しさを伝えてきてエロかった。

それにしても、でかい。

安産型と思える丸々とした逆ハート型のヒップは、あまりに大きいから、小さなパンティでは隠しきれずに丸い尻丘《そうきゅう》が半分くらい露《あら》わになっている。

なめらかな肌に、わずかに下着の跡が残っているのも、いい。

三十四歳と川辺から聞いていたが、そんな女盛《おんなざか》りの豊満な肢体《したい》は、まるでおねだりしてくるように、ぷりん、ぷりんと尻を振っているのだ。

(い、いやらしいっ……いやらしすぎるっ)

ヨダレを垂らさんばかりに見つめていると、背後から、どすっ、どすっという川辺の足音が聞こえてきて、慌てて正気に戻る。

この女性もハッとしたようにめくれたスカートを直して立ちあがった。

ドキッとした。

着ていた白いブラウスが濡れて素肌に張りつき、ブラジャーと胸のふくらみが透けて見えたのだ。

彼女もすぐに透けブラに気づいて、顔を赤らめてさっと両手で胸元を隠す。

純一も目をそらしながら、

「み、〈みつともホーム〉のアフターサービス課です。勝手に上がってすみませんでした。奥様でよろしいですか」

と頭を下げた。

「……で、電話した友田です。呼び出してすみません。さっきまでちょろちょろだったんですが、急にシンクの下から水がたくさん漏れてきて……応急処置と思ってタオルを巻いたんですが」

彼女は特に怒る様子もなく、申し訳なさそうに顔を赤らめている。

（なんだこの奥さん、可愛すぎるだろっ）

ふんわりとした薄茶色のミドルレングスの艶髪《つやがみ》に、ぱっちりした目と可愛らしい丸顔がよく似合っている。

三十四歳の人妻とは思えぬキュートさだ。

アイドルを間近で見たような、得体の知れぬ高揚感《こうようかん》を覚える。

「と、とりあえず、こちらで見てみますから」

純一は振り返って川辺を見た。

彩也子の透けブラを見ながら、歯茎を剝《む》き出《だ》しにして、グフフといやらしく笑っている。

困っている人を前にして欲望丸出しとは、人として問題だ。

「川辺さんっ、シンクの下を……」

「え？　ああ、はいはい」

川辺がしゃがんで、のそっとシンクの下に身体を入れる。

なんとかギリギリ入るようでホッとした。熊が冬眠《とうみん》前に木の実を探しているみたいだ。

「ああ……排管の一部が古かったみたいだね。ホントは部品を替えればいいんだろうけど、とりあえず応急処置でなんとかなりそうだよ」

顔を突っ込みながら川辺が言う。

「よかったですね」

と彩也子に言ったつもりだが、彼女はもう姿を消していた。

おそらく着替えに行ったのだろう。

純一も屈んで、川辺のドラム缶のような尻に向けて言う。

「……川辺さん、古かったなんて言うのはまずいですよ……新築で一年しか経ってないのに古い部品があったなんて問題になります」

「だってホントだもん。ここって〈秋川〉がやったのかなあ。ウチじゃこんな普《ふ》請《しん》はしないと思うけど」

川辺が文句を言う。

おそらくその通りで、下請けが値段のかね合いや工期を間に合わせるために、杜撰《ずさん》なことをしたのだろう。

純一は胸が痛んだ。

同じようなことは、日常茶飯事だった。

注文を受けてしまえば、あとはどうにでもなる。

会社の利益が最優先。

顧客のことなんか、まるで考えてこなかった。

（黙って替えちゃうか……いや、でもそれじゃあ、奥さんをだますことになる）

営業のときだったら、黙って替えていただろう。

だが……このアフターサービス課に異動になったときに、憑《つ》き物《もの》が落ちたような気がしたのだ。

摘発されない限り、法律に触れない限り……黒いものも白いと言って、注文を取りまくる。そんな生活に嫌気《いやけ》が差したのだった。

「川辺さん、排管部分って差し替えられますかね」

「は？」

川辺が顔を出して、怪訝《けげん》な顔をする。

「古い部品のところ？　それなら……」

「いえ、全部です」

「全部？　時間かかるよ、それに全取っ替えは保証外だと思うけど」

「僕が上に掛け合いますから」

必死に言うと、川辺がニタニタした。

「あのおっぱいの大きい美人の奥さんならねえ、気持ちはわかるよ」

「いや、まあ……」

それももちろんあるけど、それだけじゃなかった。

別に自分が契約を取った物件ではないが、こうしてマジマジと欠陥《けっかん》部分を見てしまうと寝覚《ねざ》めが悪い気がするのだ。

「あの奥さんも、不審がるんじゃないの？　そんなに大きく替えたら」

「それも説明します」

川辺は応急処置をしてから、工期のスケジュールを確認するからと、スマホを持って玄関から出ていった。

「どうかしら？　なんとかなりました？」

彩也子が顔を出す。

薄いピンクのブラウスだった。やはり着替えてきたのだ。メイクもしっかり直してきていて、人妻とは思えぬキュートさにまた身体が熱くなる。

ところがだ。

まだラベンダー色のブラジャーが透けていた。

慌てていたので、肌が濡れたまま着替えたようだ。肩の部分の肌色も透けて見えてドキッとしたが、見ないようにする。

「応急処置はしておきました。ですが、その……シンクの下の部分に古い管を使っていたので、取り替えさせていただけないでしょうか？」

彩也子の大きな目が訝しげに細められる。

「え？　あの……古いってどういうことかしら。この家は去年建てたばかりなのに」

純一は頭を下げた。

「申し訳ございません」

「……え……そんな……新築なのに……」

彩也子の顔が青ざめた。

「他の部分もすべて点検させていただきます。本当に申し訳ございません。少し時間をいただけないでしょうか」

言ってしまった。

訴えられるか、それとも消費者センターにでも駆け込まれるか。

(こりゃあ、クビかなあ)

上の判断を仰《あお》がずの独断だ。

だがそれでもよかった。どうせアフターサービス課だ。出世も見込めそうにないし、辞めて転職だってありだと思う。

だが、彩也子は意外なことを言った。

「わかりました。ぜひ点検をお願いします。ウチの人が急がせたからだわ」

こちらを責めなかったので、拍子抜《ひょうしぬ》けした。

「いえ、それでもやるべきことをやるのがプロですから」

純一が正直に言うと、また予想外に彩也子が微笑《ほほえ》んでくれた。

「正直なのね、黙って替えることもできたでしょうに」

ギクッとした。

「それは……会社に……いや、お客様に対する背信《はいしん》行為ですから」

「いい人なのね。じゃあお願いするわ」

少しだけ気分が軽くなった。

といっても、問題は会社がＯＫするかどうかだ。

3

会社に戻ってから田所課長に直談判《じかだんぱん》すると、露骨《ろこつ》にいやな顔をされた。

「営業部の尻拭いをなんでウチがやるんや。あいつらにやらせ。ここに来て頭下げさせろ」

「言いましたけど、それはアフター課でなんとかしてくれって」

純一の言葉に、デスクに座ったまま田所課長はじろりと目を剝《む》いた。

「たわけがっ」

とりつく島もないとはこのことだ。

まいったなと思っていると、今日は普通の制服姿の谷川希美が、まあまあと割って入ってきた。

「もう春日くんは営業部じゃないんですから。ウチのチームでしょう。それに課長が欠陥住宅を放っておくわけないと思うけど、違うかしら？」

田所課長は面白くなさそうな顔で頷《うなず》いた。希美には何も言えないらしい。

「春日くん、見積もり取って〈秋川〉とすぐに交渉して」

「すみません、谷川さん」

デスクに戻る前に希美に謝《あやま》ると、ニコッと笑った。

「謝らなくていいわよ。フォローなんか別にしてないから」

「はい？」

「課長はいったん火がつくと話が長くなるから、不効率と思っただけ」

「ああ、そうだったんですか……でも……」

それでもお礼を言おうとすると、彼女は冷たい笑みを浮かべながら、

「売ってしまえばあとはどうでもいいと思ってたんでしょうけど、そういうクソみたいな時代錯誤《さくご》の営業は大嫌いよ、わたし」

ぐさりときた。

（ははっ、マジで手厳しいな、ここは……）

しばらく目の敵《かたき》にされそうだ。

まあ、今までやってきたことは、褒《ほ》められたもんじゃないから仕方がないのだ

が。

水まわりの取り替え工事は断水をしながらなので、三日間を要することになった。

基本的には下請けの〈秋川〉が工事を行い、純一は工事のチェックに立ち会うということで、毎日工事の終了時間の十七時に友田家に寄って確認した。

本当は最終日の立ち会いだけでいい。

なのだが、毎日寄ったのは、もちろん彩也子に会いたかったからである。

だからといって、何か進展を望んでいるわけでもなかった。

ただ、ぎすぎすしたアフターサービス課にいるよりも、優しく接してくれる彩也子の笑顔を見る方が何倍もいい。

本来なら、

「欠陥住宅をつかませやがって」

と、夫婦からつめられてもおかしくないのだが、彩也子はいつもすまなそうにお茶を出してくれて、旦那にいたっては顔すら見せてこない。

営業のときの同僚に聞いたところによると、旦那は商社のエリートでかなり稼ぎはいいが、いつも忙《いそが》しいらしい。だからなのか、旦那ひとりですべての間取りや設備を決めてしまい、奥さんは何も言えなかったらしい。

それであれば、彩也子があまり新築の注文住宅に対しても愛着がないように見えるのも頷ける。

(うまくいってないのかな)

結婚三年目で、地方から東京に引っ越して一年ほどらしい。

専業主婦で慣れない土地に来て、旦那の帰りも遅いとなれば夫婦仲も……。

(いや、よそう。顧客の夫婦仲のことなんて……)

そんなことを思っていると、〈秋川〉の担当者が工事を終えたと報告にやってきた。現場を確認すると、きちんとした工事ができている。

(〈秋川〉も別に悪い業者じゃないんだよなあ)

元請けであるウチの営業が、工期や金額を押さえつけているのだ。

「点検もしましたが、他の部分は問題ありませんでした」

若い担当者が生真面目に言う。

ホッとして彩也子のところに行くと、彼女はキッチンにいてスマホで話をしていた。

「ええ……わかったわ……仕事ですものね」

彼女はそう言うと電話を切り、沈《しず》んでいた顔を笑顔に戻して、純一に訊いてきた。

「終わりました？」

「ええ。三日間も断水させてしまい、ご迷惑をおかけしました。あと、他の部分の点検もしましたが特に問題なかったようです。これからも万全なアフターサービスを心がけますので……」

作業の確認項目にサインをしてもらい、ちょっと後ろ髪を引かれつつも、帰る準備をしていたときだった。

「あの……これから会社にお戻りになるんですよね」

「えっ、あっ……はい」

「よかったら、会社が終わったら夕食はいかがかしら。その……いろいろお世話になったし」

「い、いや……そんな。こちらは仕事ですので、どうぞお気遣いなく」

社交辞令だろうな、と思っていた。

ところがだ。断っても彩也子は、

「そんな……遠慮なさらずに……。その……実は夫が急に仕事で泊まりになってしまって……二人分の食材を用意したのに……それでどうかなと」

「い、いや……でも……」

旦那が帰ってこないなんて、相当にまずすぎる。

「何かお約束とか……、ありますよね」

「いえ、その、別に……ひとりですし……」

瞬間、息がつまった。

彩也子が少し前屈みになり、上目遣いに見つめてきたからだ。

(う、うわっ……)

狼狽《うろた》えた。

アイドルのようなぱっちり目の人妻の上目遣いは、あまりに可愛らしくて、まるで童貞に戻ったかのように身体を熱くしてしまう。

(なんて可愛いんだよ……)

愛らしいばかりではない。

彼女が着ていたTシャツの襟元《えりもと》が緩《ゆる》かったので、胸の谷間と薄いピンクのブラジャーがもろに見えた。

三十四歳の人妻の色香が、ムンムンと漂っていた。

(お、おっぱいが……見えてるっ……や、柔らかそうだ)

それでも、断ろうと思った。

「やっぱり、その……まずいです。旦那さんがいないときになんて」

言ってしまってから「あっ」と後悔した。

下心ありありの言葉だったと、すぐに気づいたからだ。彼女は純粋に、お礼のつもりで誘ってくれたはずなのに。

だが彩也子は、顔を真っ赤にして目をそらし、

「そんな……たいしたおもてなしもできないけど……」

人妻が恥じらう様子に、思わず唾《つば》を呑み込んでしまう。

4

友田家に招かれての夕食は鍋だった。

ふたりはダイニングのテーブルに向かい合って座っている。

「うまいですっ。こんなにおいしい鍋、初めてです」

取り分けてもらった魚や野菜を頰張《ほおば》って言うと、彩也子はうれしそうに顔をほ

ころばせた。

「地元の味なの。ウチは味噌味なんだけど……よかったわ、オクチに合って」

「これ、石狩鍋ですよね。ということは、奥さんのご出身は北海道ですか」

「ええ。あ……奥さん、じゃなくて……彩也子でいいわよ。そうよ、ウチはふたりとも北海道で……ずっと地元かなと思ってたら、夫の会社が別の会社に買収されて本社の東京勤務になって」

「へえ、すごいじゃないですか」

買収元の本社勤務になるというのは、旦那は優秀なのだろう。

しかし、そのことを彩也子は特に自慢げに語るわけでもなく、少し寂《さみ》しそうにグラスのビールを喉《のど》に流し込んでいた。

「ああ、おいしいっ。ひとりで飲んでも寂しいだけだから……」

「僕でよかったら、いつでもお相手しますよ」

軽口を叩くと、彩也子がはにかんだ。

（いかん、か、可愛すぎる！　しかも、バストトップが気になって料理の味どころじゃないよ）

なんといっても、彩也子の格好がまずいのだ。

一度会社に帰り、作業着を脱いで普段着で訪問した。すると彩也子も着替えていたのだが、それはキャミソールのような肩紐タイプのワンピースで、胸の谷間どころか、白いふくらみ自体が半分近くも露わになっていた。しかも、ワンピースの胸の部分にうっすら突起物が見えるのだ。

それに加えて裾が短くて、真っ白い太ももが露出しまくっている。

若い女の子のミニスカの太ももよりも、清楚な人妻の肉感的な太ももの方が、なんともいやらしくて、どうしてもチラチラと見てしまう。

（北海道の人は冬場、家の中では薄着だって聞いたことあるけど、まさか、ノーブラだなんて……）

栗色の髪から、ふわりと甘いリンスの匂いが漂ってくる。

黒目がちな瞳がくりっとしていて、あどけなさと色っぽさが同居して、純一に迫ってきていた。

「たくさん食べてね」

彩也子はしかし、こちらの緊張など気にせず、ノーブラの部屋着のままでビールをついでくれた。

（あっ……）

ビールをつぐために前屈みになっているから、わずかにキャミソールワンピの胸元が緩んだ。

すると、小豆《あずき》色がはっきりと見えた。

（ち、乳首っ……奥さんのっ……彩也子さんの、ち、乳首っ！）

ばっちりとぽっちが見えてしまった。

とたんにズボンの股間が、ビクビクしてしまう。

なんて無防備なんだ。

（それとも、わざとなのか？　……まさかな……）

緊張で、ますます彩也子のふくよかな乳房や、色っぽい首筋をマジマジと見てしまう。だが見てばかりいてはだめだと、会話の糸口を探りつつ話していると、次第に彩也子も打ち解けてきたのか、

「春日くん」

と、親しみを込めて呼ぶようになっていた。

三十四歳と二十六歳。

彩也子は童顔だから同世代に見えてしまうが、実際は八つも年上なのだ。お姉さん的な雰囲気を出してきて、それがすごく心地よくなってきた。彩也子

に地元のことを訊くと、さらに口調がくだけてきた。

「北海道かぁ。美味《おい》しいものがたくさんあるんでしょうね。いいなあ」

「そうね。東京に来て、私の地元って美味しいものが一杯あったんだなって思ったわ。北海道では、地元の友達といろいろ食べ歩いたのよ。ラーメンとか、お寿司とか」

「ウニとか、旨《うま》いんでしょうね」

「東京で値段を見て、こんなに高いんだってびっくりしちゃったわ」

北海道の話題は次から次に出てくるけど、東京の話題は全く出ない。

あまり出歩いていないんだろうか。

「でも、すごいですよね。注文住宅で、こんな立派な土地と建物なんて」

あれ、と思った。

彩也子の顔がまた少し寂しそうになったからだ。

北海道時代の話をしているときとは雲泥《うんでい》の差だ。

普通、結婚三年目で、こんなに立派な新居を構えたら、少しくらい自慢してもいいと思うのだが。

「デザインもいいですよね。お風呂も大きいし、リビングも……」

「ほとんどあの人が決めたの」

話を遮《さえぎ》るように、彩也子がぴしゃりと言う。

「えっ、ああ……そうですか」

「そうよ。私の意見なんか聞きもしないで、全部自分で……東京行きのときもそう。給料があがるからって相談もなしに……」

彼女はため息をつくと、グラスに残っていたビールを飲み干した。

やはり夫婦仲は、うまくいってなかったのだ。

それにしてもだ。

彩也子が寂しそうにしていた理由が、ようやくわかった。

北海道から東京に出てきて、友人どころか知り合いもいないし、旦那は仕事で毎日遅いし、帰ってこない日もある。

それでいてこの新築の家も、旦那が勝手に建てたもの……。

なるほど。彼女にとっては幽閉《ゆうへい》されているような気分だろう。欠陥が見つかっても怒らなかったわけだ。

「ねえ……」

彩也子がとろんとした目で見つめてきて、ドキッとした。

アルコールの匂いがぷんと漂う。

顔が真っ赤だ。

どうやら、それほどお酒が強いわけではなさそうだ。

「夕方、万全なアフターサービスを心がけますって、言ったわよね」

グラスを置いて、彩也子が言う。

「え、ええ……」

何か妖しい雰囲気だなと思っていたら、彼女はしばらく黙ってうつむいていたが、やがて顔をあげてぎこちなく笑った。

「寂しい人妻を慰《なぐさ》めるのも、アフターサービスに入るかしら」

「は？」

ギョッとした。

彩也子がまた前屈みになって見つめてきた。

キャミソールワンピの肩紐が緩み、おっぱいが覗けそうだ。

「春日くん……さっきからチラチラ見てるから……」

「えっ……いや……」

身体が熱くなる。

何も言えなくて、もじもじしていると、

「……ごめんね、からかって……」

と、立ちあがろうとしたときだ。

「あっ」

彩也子がバランスを崩《くず》し、床に倒れ込んだ。

「だ、大丈夫ですか」

慌てて立ちあがり、そして息を呑んだ。

横たわっていた彩也子のキャミソールワンピの裾がめくれ、太ももはおろか、ラベンダー色のパンティまで見えてしまっていたのだ。

（う、うわっ……パンティ、モロ見えっ……）

高級そうな下着だった。

彩也子は裾を直しながらも、駆け寄ってきた純一を見て瞳を潤ませていた。

（こ、これは……誘ってるよな？）

キュートな丸い小顔。アイドルのような可憐《かれん》な美貌は、つらそうにしながらも、どうしていいかわからないといった表情だった。

（迷ってる……彼女も……）

不倫なんてだめだという気持ちはある。

でも、バレなければ……。

気がつくと純一は人妻の肩をつかみ、無理矢理にダイニングの床に押し倒していた。

「キャッ！」

胸元がゆっさと揺れて、キャミソールワンピの肩紐が、彼女の肩からするりと抜けて、ぷるんっ、とうなるように片方の白いおっぱいが露わになる。

（おおーっ！）

とんでもなく大きかった。

メロン級の豊かなふくらみだ。

十分な張りがあり、静脈が透けて見えるほど乳肌が白い。

乳首と大きめの乳輪はやはり小豆色だ。

激しく勃起した。もうガマンできなくなっていた。

左手で彩也子を押さえつけながら、右手で胸のふくらみを揉《も》みあげた。

「あんっ」

腕の中で彩也子がいやいやした。

（はああっ、や、柔《やわ》らかいっ）

大きくて手のひらに収まりきらない乳肉に、指を食い込ませていくと、押し返してくるような肉のしなりを感じる。

「だ、だめっ、こんな……」

人妻が抗《あらが》う。

だがその抵抗は弱々しい。

（寂しさを誰かに埋めてほしいのに、まだ踏み切れないんだな……）

純一も迷った。

しかし、

《寂しい人妻を慰めるのも、アフターサービスに入るかしら》

あの言葉は間違いなく男を求めているものだ。相手が欲しがっているのに、それに応《こた》えないなんて、可哀想ではないか。

もっと求めてほしかった。

欲求を露わにしてほしい。

（そうだっ……）

もっと恥ずかしいことをさせれば、彩也子は燃えるのではないか。

組み敷いたまま、純一は思い切って言う。

「彩也子さんっ。たまりませんよ……ここまできてイヤなんて……」

すると彩也子は戸惑い、顔をそむけて逡巡《しゅんじゅん》していた。

やはりだ。

やはり迷っている。

「アフターサービスの前に……いつものように自分で慰めているところを見せてください」

はっきり言うと、彩也子の顔がさあっと青ざめた。

「な、何を！　何を言うのっ。私、そんな……」

「してないんですか？」

「……ひどいわ。春日くん、そんなことを言うなんて……」

彼女は非難したが、否定はしなかった。

当然だろう。人妻からはムンムンとした濃厚な色香がにじみ出ていた。これだけの身体を放っておかれているのだ、きっとオナニーで慰めてるはずだ。

「してください。でなければ僕が無理矢理に犯します。いやだと言っても両手を縛《しば》って、強引にします」

とんでもないことを、言ってしまった。

だけど、迷いを断ち切って本気で求めてほしかったのだ。

「ああ……そんな」

彼女は切なそうに吐息《といき》を漏らしたが、その瞳は潤んでいた。

5

夫婦の寝室まで行き、人妻の背中を押すと、彼女はベッドに倒れ込みながら真っ赤な顔をして口惜《くや》しそうに唇を噛みしめ、こちらを見つめてくる。

怒っているのに、何かを期待してるようにも見えた。

これからすることに被虐《ひぎゃく》の悦《よろこ》びを感じているのかもしれない。

「さあ、早く……いつものように」

純一は興奮しながら、人妻を急《せ》かす。

彼女の背中を押してやるのだ、というのは建前《たてまえ》で、本当はアイドルのような可愛い人妻が、自分で慰めるシーンを見たくてたまらなかった。

「そ、そんな……そんな恥ずかしいこと……男の人の前でなんて……」

彩也子は泣きそうな顔をしていたが、純一がじっと黙っていると、やがてベッドに座ったまま、おずおずとキャミソールワンピの上から胸のふくらみに手を寄せていく。

「も、もっとですっ」

厳しく言うと、三十四歳の人妻はビクッとして、ゆっくりと大きな胸のふくらみを自分の手で揉みしだき始めた。

「ううっ……」

悩ましい苦痛の声を漏《も》らしながら、まだ人妻は困り顔で、ちらちらと純一を見ては顔を赤らめる。

「し、下も……下も。彩也子さんっ、下もですっ」

うわずった声で命令すると、彼女は、

《そんなことまでっ……》

と、訴えるように大きな目を見開いて、わなわなと震えた。

だが純一はもう許すつもりはなかった。

本気だと伝わったのだろう、彩也子は、ハアッ……と切なそうなため息をついたのち、ゆっくりとワンピースの裾に左手を忍ばせていく。

膝が閉じ気味なので奥は見えないが、布地が盛り上がっている。

股間をいじっているのだ。

（ああ、今……この可愛い奥さんはパンティの上から、自分の恥ずかしい部分を指でいじってるんだな）

股間がますますいきり勃《た》ってくる。

そして、見ていると……次第に彩也子が感じ始めたようだった。

彩也子の右手の動きが激しくなり、自らの乳房をゆっくりとすくい上げるように揉みしだき始めた。

「あっ、はぁ……あううんっ……」

そんな淫《みだ》らな声が出るとは思わなかったのだろう。

彼女は、ハッとして股間をいじっていた左手の甲を口に押し当てた。

その恥じらい方が男の欲望を誘ってくる。

「続けてっ……続けてください……」

夢中になって言うと、彩也子は口元の左手を再び薄手のワンピの裾の中に入れて、もぞもぞと動かした。

ちらりとラベンダー色のパンティが見え、ぷっくりふくらんだクロッチを、彩也子が指でこすっているのが見えた。

同時に右手は、自分の乳房をひしゃげるほど揉みしだいている。

（くうっ……エロいっ……）

美人妻のオナニーシーンが目の前で繰り広げられている。

興奮し、目が離せない。

「うっ……くっ……」

彩也子は真っ赤になって、声が漏れそうになるのをガマンしている。

指の動きがかなり卑猥《ひわい》だ。

（やっぱり……欲求不満だったんだな……）

旦那に従順でいるところからも、マゾっぽいタイプではないかと思っていたら案《あん》の定《じょう》だった。

恥ずかしいことを強要されれば、昂《たか》ぶってしまう。

そんな歪《ゆが》んだ性欲を、この可愛らしいアイドル顔の下に隠していたのだ。

そんな彼女が今、夫以外の男の目の前で自慰行為をしろと言われ、興奮しないわけがない。

「ガマンしないで。僕が無理矢理にやらせているんだから。もっと脚を開いて」

乱暴に言うと、彼女はこちらをチラッと見てから、

「あっ……あっ……」

と、うわずった声を漏らしながら、体育座りで少しずつ脚を開いていく。

「あぁ……いやっ……あんっ……こんなのいやっ……春日くん、お願い、見ないで……はしたない私を見ないでっ」

イヤイヤしつつ、両脚をM字開脚するほど大きく広げてしまっている。

ラベンダー色のパンティは丸見えで、その秘部を彩也子のほっそりした人差し指と中指が何度も往復している。

「うっ……くぅ……ああ……あああっ……」

いよいよ可愛らしい目が、とろけてきた。

サクランボのような可愛い唇は半開きになり、

「あっ、あっ……」

と、ひっきりなしに喘《あえ》ぎを漏らしている。

(す、すごいなっ……可愛い人妻のオナニー……)

頭がショートしそうで、もっともっとひどいことをさせたくなった。

「奥さん……キャミを下ろして、パンティを脱いで」

彩也子は、

《えっ？》

という顔で、まじまじと純一を見つめた。

「し、しないと、襲っちゃいますよ」

悪人のような台詞《せりふ》を言う。

人妻は目をギュッとつむって、何度もイヤイヤする。

本当はもう欲しくてたまらないはずだ。

だが……これほどの痴態《ちたい》を見せていても、人妻の貞淑《ていしゅく》さを保とうとしているいじらしさに男の獣じみた欲望がますますふくらんでいく。

「裸になって。奥さん」

興奮をひた隠して、冷淡《れいたん》に言う。

その低い声に少し驚いたのか、怯《おび》えるようにしながら、彩也子はキャミソールの肩紐を下ろして、右のおっぱいを露出させた。

さらには震える手でワンピースの裾を大きくめくりあげて、パンティの両サイドに手をかける。

そして、ハアハアと息苦しいほど呼吸を乱しつつ、唇を嚙みしめながら腰を浮かせ、パンティを丸めて下ろしていく。

（なんていやらしい脱ぎ方なんだよ……）

普段は、可愛い天真爛漫《てんしんらんまん》さを見せていた。

だがその実、やはりこの奥さんはスケベなんだとはっきりわかる。

「つ、続けて……続けてくださいっ」

命令すると、人妻は大きな目に涙を溜《た》めて泣き出しそうな顔をしつつも、ベッドに腰を下ろして、直に大きな乳房を揉みしだき始めた。

「ううっ、はああっ……」

泣きそうだが、しかし、すぐに色っぽい声を出して身体をくねらせる。

《もう、感じたくてたまらないの》

そんな様子が見えて、純一はさらに煽《あお》る。

「もっとです……奥さんっ……指で……指でいじってください」

怯えた表情をしていた人妻は唇を噛みしめて、ギュッと目をつむる。

そうして脚を開き、繊毛《せんもう》の下の淫唇に、おそるおそる自分の指をそっと這《は》わせていく。

指がピンクのワレ目に触れた。

それだけで、ねちゃ、と小さな水音が聞こえてきて、

「いやっ！」

と、彩也子は顔をこれ以上ないくらいそむけて、上唇をギュッと嚙む。

「そ、そんなに濡らしてたんですね」

驚いて言うと、彩也子はまた、イヤイヤと首を振る。

それでも指の動きは止まらない。

ねちゃ、ねちゃっ、という音がひどくなり、

「あっ……あっ……」

と、彩也子の声はうわずったものに変わっていく。

次第に彩也子の指や手の動きが過激になっていく。もう目が離せなかった。

「ワ、ワンピースも脱いで……」

さらに命令するが、今度は従順にするりと脱いで全裸になった。

もう人妻も、公開オナニーで興奮しきっている。

淫らに脚を開ききり、指を膣内に挿入してかきまぜていた。

「あっ……はううんっ……ううんっ……んん……」

もう見られていることも忘れているかのように、彩也子のエッチな声はさらに悩ましいものになっていき、手の動きも淫らになっていく。

脚はだらしなく開ききり、指がクリトリスを弄《いじ》ると、ビクッ、ビクッと全身を震わせる。

あの、くりっとした目の可愛い人妻が……。

ウフフと天真爛漫に笑う、三十四歳の人妻が……。

これほどまでにオナニーで乱れきった表情を見せることに、純一はもうどうにもたまらなくなっていく。

「お、奥さんっ……彩也子さんっ……いやらしいっ……」

硬くなった股間を押さえつつ、立っていた純一がベッドの端に腰掛けるのと同時だった。

彩也子が近づいてきたと思ったら、純一を押し倒してきた。

同時に唇を押しつけられて、

「んンっ！」

驚いていると、唇のあわいに生温かいものがぬるりと滑《すべ》り込んでくる。

（し、舌が……彩也子さんっ）

信じられない。激しいディープキスだ。

「んんっ……んううんっ」

欲望が一気に爆発したように、可愛い人妻がむしゃぶりついてきた。こちらもガマンできずに舌をからめていく。

(ああ、こんな可愛い人妻とベロチューしてるっ。ぬるぬるして温かくて……唾液を舐《な》め合って……くうう、キスって気持ちよすぎる)

昂ぶって彩也子を抱きしめる。

人妻も抱きついてきた。キスが一段と激しくなる。

「はあっ……んんっ……んっ……んっ……」

彩也子が漏らす吐息と、ねちゃ、ねちゃっ、と唾液のからみ合う音が淫靡《いんび》な響きで耳に届く。

ようやく濃厚な接吻《せっぷん》を終えると、彩也子が濡れた瞳を向けてきた。

「いじわるっ……いじわるだわっ……私にあんな恥ずかしいことをさせて、ガマンできなくさせて……」

「でも、すごく濡れてましたよ。びちゃびちゃっていやらしい音……うッ」

もう言わないで、とばかりに唇を被《かぶ》せてくる。

(可愛いな……くううっ……もう、たまらないよ)

いよいよ興奮もピークになり、純一はキスをほどいて、改めて人妻の身体を貪《むさぼ》り眺《なが》めた。

6

(すげえ……すげえ身体だ……なんだよ、これ)

自分も服を脱いで全裸になった純一は、改めてベッドに仰向《あおむ》けに横たわる彩也子の肢体をまじまじと眺めた。

大きなバストは仰向けでも形が崩れずに、丸いふくらみを誇示《こじ》している。

(胴体より横に出てるおっぱいなんて、初めて見た……)

身体つきはスリムに見えるが、そこは三十四歳の人妻だ。

全身に脂が乗ってムッチリと柔らかいのだ。

(くううっ、エロい……)

香水と甘い女の体臭を感じながら、再び人妻の身体を抱きしめた。

(ああ、この肌……すべすべして、もっちりして……)

丸い肩から背中をさすり、さらには乳房を揉みしだき、そして腰から下に向かって手を滑らせていく。

「あっ……んんっ……ああ……」

強制オナニーで吹っ切れたのだろう。

彩也子はしがみついてきて、またキスをして激しく舌をからませてくる。

「んふっ……むちゅ……んぅん……ちゅう……んんっ……」

純一も舌をもつれさせて、ねちゃ、ねちゃ、と唾液まみれの深いキスに没頭する。もう欲しくてたまらない。

純一は、唇を外して巨大な乳房をむんずとつかんで、せり出した小豆色の乳首に、ちゅぱ、ちゅぱっと音を立てて吸いついた。

「はあ、ああん……ううん……」

細眉を折り曲げたアイドル顔の人妻が、唇を半開きにしたまま身悶《みもだ》える。

さらにはシコってきた乳首を、今度は舌を使って、上下左右にねろねろと舐めて弾くと、

「あっ……はあん……春日くんっ……そんなに、いじっちゃ、ああっ！」

と、彩也子は両手で純一の頭をかきむしりながら、ブリッジするように背中をそらして肢体を浮き上がらせる。

（すごい。いやらしい……）

白くうねった肉体が、汗にまみれてぬめり光っている。

その美しい肢体をすべて奪いたいと、人妻の首筋やデコルテに口づけし、ねろねろと舌で舐め尽くしていく。

「はああん……あんっ……あっ……あんんっ……」

彩也子が反応して、ついにはあられもなく脚を開き始める。

(欲しがってる……)

間違いない。

ひとつになりたがっている。

確かめたいと純一は手を下ろしていき、いよいよ濃いめの恥毛をかき分けて、秘園に指を這わせていく。すると、

「あっ……!」

びくっ、として彩也子が大きく顔をのけぞらせた。

そこはもう温かな蜜があふれている。

「あ、あんっ……そこ、だ、だめっ……」

彩也子が恥じらった。だけど、秘部はもうぬるぬるだ。

ワレ目をねぶる指をさらに下方に持っていく。

軽く嵌《は》まる感じがあって、指が人妻の膣内に、ぬぷぷ、と滑り込んでいく。

「あああっ！」

人妻の美貌がクンッとあがった。

（熱くて……うわっ……締めつけてくる）

すごい濡れようで、しかもキュッキュッと襞《ひだ》が指を包み込んでくる。

もっと濡らしてやると、純一は手のひらを裏返して、手首を恥丘に押しつけるようにしながら指を抜き差しする。

「はあっ……だめっ……お、お願いっ……」

まるで助けを求めるように、可愛い顔が歪みきっていた。

訴えてくる人妻の目は、何かにすがりたいと潤んで、今にも泣き出しそうな切羽つまった表情だった。

下腹部はもう、びちゃびちゃと雫《しずく》が垂れそうなほどの洪水で、強い磯《いそ》の匂いが漂ってきていた。

（くうう、こっ、こっちも……限界っ）

純一もぎりぎりまで高まっていた。

「僕も……ガ、ガマンできませんっ……」

訴えると、彩也子は一瞬つらそうな顔をしたが、すぐに瞼《まぶた》を閉じて、こくんと頷いた。

（夫に操《みさお》を立ててたけど、それよりも、欲しくてたまらないんだな……）

うれしかった。

こんな可愛い貞淑な人妻を、そこまで追い詰めたのだ。

純一は脚の方に移動し、ボリュームある太ももをすくい上げて開かせ、ぬかるみに切《き》っ先《さき》を押し当てる。

（あっ……ゴム……あるわけないか。まずいかな……でも、もう奥さん……何も言わないよな）

生挿入でも、人妻は抵抗ないようだった。

ぐぐっと腰を押しつけると、亀頭が大きく押し広げる感触があって、すぐにぬるりと膣中に潜《もぐ》り込《こ》んで、

「はぅぅッ」

彩也子が、ほの白い喉をさらけ出すように、のけぞった。

「熱いっ……春日くんの硬いのがっ、ああんっ……入ってくるっ……」

潤んだ目を向けてきた。

そのとろんとした表情には、後ろめたさはなく、ただただ愉悦《ゆえつ》を貪りたいとい

う人妻の情念にあふれていた。

（エ、エロっ……彩也子さんっ……エロいっ）

もう何も考えられずに、正常位で腰を押しつける。

ヌププッと、根元近くまで彩也子の体内に突き入れると、猛烈な気持ちよさが襲ってくる。

「くぅぅ……」

必死に歯を食いしばった。

（こ、これが奥さんの中……彩也子さんの中……ぬるぬるしてて、あったかくて、うにうにって襞がからみついてきて……き、気持ちよすぎるっ……）

腰が震えて、射精しそうになってしまう。

だがそれをこらえて、切っ先を奥まで届かせると、

「あ、あんッ……いやっ……硬いっ……あううっ」

感じ入った声を放った彩也子が、シーツを握りしめながら、ギュッと目をつむった。

閉じた瞼がピクピクと痙攣《けいれん》している。

（僕のチンポで感じてるんだっ……）

やはり可愛らしくて童顔でも、経験ある人妻だった。

快楽を味わう余裕はあるらしい。

ぐぐっ、と奥まで挿入すれば、人妻は、びくっ、びくっ……と汗ばんだ豊満ボディを小刻みに震わせ、眉間《みけん》に悩ましい縦ジワを刻んだ。

（つ、つながってる……こんな可愛い人妻と……）

ハアハアと息を荒らげる彩也子を見下ろし、分身を包み込んでくる粘膜のうごめきを味わいながら、純一は前傾して人妻の裸体を抱きしめた。

密着しつつ、腰だけを前後させて、ぐいぐいと張り出した肉傘で狭穴を拡張していくと、

「あううっ……そんな、ぐりぐりっ……って、お、奥をッ……！」

人妻が潤んだ瞳を向けてきて、唇を重ねてくる。情熱的な抱擁《ほうよう》とキスが、ふたりの密着をさらに高めていく。

（こ、こんなに気持ちいいセックス、初めてだ……）

もちろん美人でスタイル抜群ということもあるが、彩也子がセックスに貪欲《どんよく》でしかも反応がいいのだ。

その気持ちよさに翻弄《ほんろう》されながら、純一は本能的に腰を振った。

「んんっ……ああ……」

打ち込むたびに、大きなおっぱいが目の前で揺れる。

身体を丸めて、そのせり出した乳首にむしゃぶりつき、さらに打ち込むと、

「あっ……あっ……あああっ……」

と、ついに人妻は表情が見えなくなるほど大きく顔をのけぞらせる。

たまらなかった。

「ハア……ハア……ハア……ああっ、ああっ……」

人妻のセクシーな息づかいと喘ぎ声。

肉の弾ける音と、おまんこの淫らな汁音……。

ふたりは汗まみれでからみつき、シーツに汗や体液のシミをつくるほど濃厚に混ざり合い、セックスの生々しい匂いを部屋中に放っている。

もっとだ。もっと奥まで入れたい。ひとつになりたい。

純一は人妻の細腰を両手でつかみ、持ち上げながら激しく打ち込んでいく。

「あああっ！　ああんっ。だめっ……壊れちゃうっ……はううんっ！」

可愛い顔の人妻はのけぞったまま、視線を宙に彷徨《さまよ》わせている。

（くっきりした大きな目が、とろけて……可愛すぎるだろっ）

その淫ら顔を見つめながら、ひたすら根元まで打ち込むと、

「ああんっ、だっ、だめっ……はああっ……」

と、もうわけもわからないといった様子で、人妻は汗まみれの肢体をのたうち回らせる。純一は前傾して挿入の角度を変えた。

「あああ！」

その角度がよかったのか、彩也子は顔を左右に振りたくりながら、膣できゅんきゅんと締めつけてきた。

「うわあああ、そ、そんなに締めたらっ……」

「いやんっ……締めてるなんてっ……わ、わ、わざとじゃないっ……からぁ……だって春日くんがすごくて……ああんっ！」

もう高熱にうなされてるみたいに、人妻はずっと、ハア、ハア、と息が上がりっぱなしで目の下も真っ赤だ。

「そ、そこっ……き、気持ちいいっ……ああんっ……」

清楚で可憐で、可愛いいつもの奥さんが乱れきっている。

顧客の夫婦の寝室で、その妻を抱くという許されない行為をしながらも、もう純一も興奮しきっていた。

（こんな可愛い奥さんを放っておく方が悪いんだ。寂しくて、つらくて……だから、僕が埋めてやってるんだっ……）

これだって立派なアフターサービスだと割り切って、ベッドがきしむほどに打ち込むと、やがて、

「どうしたらいいのっ……あうう……あんっ、だめっ、イッちゃう……」

濡れた目で見つめられる。

こちらも限界だ。

ヤバいと思い肉棒を抜いた瞬間、彩也子に押し倒された。上に跨《また》がってきて騎乗位で再挿入するや、すぐに腰を振ってきたのだ。

「え？　ちょっと……お、奥さんっ……くうう！」

前後に揺さぶられると、一気に射精したくなってくる。

「ぬ、抜かないと、ホントに中に出ますっ！」

訴えた。

だが、彩也子の腰は止まらない。それどころか騎乗位のまま前傾して、

「ねっ……ねっ……イこっ、一緒に……イこっ」

切なげな顔で見つめてきた。

そんなことを言われたら、もうだめだ。ガマンなんて無理だった。
「ああ、僕……もう……！」
純一は全身を震わせた。
仰向けのまま、腰を震わせて、一気に人妻の中にしぶかせていった。
（ううう……き、気持ちいい……）
意識が遠のいていくようだった。
脚にも手にも力が入らなくなり、目の焦点が合わずにぼんやりした。
「あんっ……いっぱい……熱いのが……い、イクッ……ああ……」
上になった彩也子が何度も、全身をビクン、ビクンと激しく痙攣させる。
アクメしたのか。
膣肉がぎゅっ、と搾《しぼ》り取るように締めつけてくる。
そしてしばらくして、彩也子が倒れ込んできた。
（ああ、出しちゃったよ……人妻の中に……ああっ、どうしよう……）
不安にかられて見ていると、しかし彩也子は微笑んでくれた。
「大丈夫よ。私、ちゃんと計算してるし……」
髪をかきあげながら、彩也子がキスしてくる。

「ねえ、私……この家で少し変えたいところがあったの」

「え？　あっ……でも……家のことはすべて旦那さんが……」

「いいのよ。ここは私の家でもあるんだから。私が過ごしやすい家にする権利はあるわ。吹っ切れたの」

大きな目が輝いていた。

本当に憑き物が落ちたようだ。陰がなくなった気がした。

「僕、手伝います。相談に乗りますから」

「ありがとう。よかったわ……あなたのアフターサービス」

そう言って、またキスされる。

萎《な》えていたはずのイチモツが、すぐに力をみなぎらせ始めた。

第二章　女友達の淫靡なイタズラ

1

「すごーい。純一くん。リフォームの案件まで取ってくるなんて」

朝、出社すると、キャバクラ嬢、ではなく同僚の祥子がキラキラした目で見つめてきた。

「いや、たまたまですよ」

純一はデスクに座りながら、先日のことを思い返していた。

結局、彩也子は旦那に向かって、家の中で気に入らない部分をリフォームすると宣言したらしい。

普段から従順だった彩也子が、なかなかの剣幕《けんまく》で直談判《じかだんぱん》してきたことに驚いた旦那は、そのまま押し切られたということだ。

そして、自分の意見を言うようになった妻を、旦那は前よりも大切にするようになったらしく、たまには早く帰ってくるようになって、大分関係も改善したという。

（でも……惜しかったな……あれ一度きりだったか……）

芸能人ばりに可愛いのに、ベッドでの乱れっぷりは淫らで、彩也子とのセックスはかなりよかったのだ。

（でもまあ、これでいいんだろうな）

結局は許されないことなのだ。

だが、人妻の寂しさを埋めてあげたことで、夫婦仲が変わるきっかけになったというなら喜ばしいことではないか？

心も身体も満たされたことで生活に張りが出てくれば、自ずと住む環境も見直したくなるものだ。住宅メーカーとしては理にかなったアフターサービスじゃないか。

（なんて、強引なこじつけだけど……まあいいか……）

祥子がギュッと抱きついてくる。

「ね、お祝いしよっ、お祝いっ」

化粧も香水もキツすぎて、目がくらくらしてくる。

そのときだ。

「春日、リフォームを取ってきたからって、浮かれてんじゃねえぞ」

ひょろりとした男が入ってくる。

課長代理の近藤だ。

五十歳のベテランは元は施工《せこう》課のエースだったらしい。

ところがだ。

営業からの無茶な見積もりと工期を実現するため、建設業法ぎりぎりの手抜きをしてしまい、それがバレて責任を押しつけられ、ここに飛ばされたのだ。

それ以来、近藤は営業を目の敵にしている。

当然、元営業の純一にも厳しい。

「浮かれてなんていません。僕は、お客様が楽しく暮らせるように……」

言い返すと、近藤が目を剝《む》いてやってきた。

「今さら顧客優先だあ？　てめえら営業が、三十年保証とか適当なことを言うから、トラブルが絶えないんだろうが」

近藤の言葉に、純一は言葉がつまった。その通りであったからだ。

長期保証は大々的に謳《うた》うが、実はその特約を受けるには条件があることは言わずに、こっそりパンフの隅に小さく書いておく。あとで訴えられても、パンフに書いてある、と言えるからだ。

注文を取れば勝ち。

建ててしまえば、こっちのもの。

それが純一のやり方だった。売上至上主義の営業マンそのものだ。

「それは……必死だったんです。ノルマをこなすのに」

「そのせいで顧客が泣いてもか」

正論だった。言い返せずにいると、

「まあまあ、朝から喧嘩《けんか》はよくないよぉ」

と、川辺がどら焼きを咥《くわ》えながらやってくる。

「ちっ」

と近藤が舌打ちして、デスクに戻っていく。

純一はホッとした。

こういうときの、川辺のふわっとした雰囲気は場を和《なご》ませる。

「ありがとうございます。川辺さん」

「へ？　何が？」

川辺はきょとんとした。

言い争いを止めたという自覚はないらしい。

「あれー？　それ、千種屋《ちぐさや》のどら焼きじゃないですか！」

と、祥子が目を輝かせる。

川辺が、グフフと自慢げに笑った。

「そうなんだよー。昨日並んで買ってさあ。賞味期限が今日までだから、あと六個食べないと。十二個入りじゃなくて八個入りにすればよかった」

と、腹をさすりながら言う。

一個だけ買う、という頭はないらしい。

糖尿とかは大丈夫なんだろうか、と心配していると、

「えーっ、私にも一個くださいよぉ」

「いいよぉ。あっ、春日くんも食べる？」

「いいんですか？　じゃあ、いただきます」

と、川辺からどら焼きをもらって、封を開ける。

(しゃーないな。こうやって少しずつ打ち解けていくしかないか)

最初は誰も行きたがらない部署に飛ばされ、適当にやろうかと思っていた。

だがアフターサービス課にいる連中は、能力が低いわけでもなく、わりと精鋭がそろっているから、少し見直したのだ。

例えばこの甘い物好きの風水マニアも、管工事施工管理技士で配管工事のスペシャリスト。

課長代理の近藤は一級建築士。高宮は若いのに、第一種の電気工事士で、変装マニアの希美は、住宅性能評価機関という場所にいた、住宅を評価するプロである。

強面の田所課長も、探偵という変わった仕事をしていたものの、もともとは大手ゼネコンにいて現場主任をやっていたというから、わりと仕事はできる人間たちなのだ。

どら焼きを一口食べて、美味しいがやたら甘いのに驚いた。

「千種屋のどら焼きって甘いんですね。僕、お茶買ってきますよ。川辺さんや吉村さんは何がいい？」

「えー、いいんですかあ。私、濃いお茶で」

「僕、コーラ」

川辺が悪びれもせず、また糖分を摂取《せっしゅ》しようとする。

「お茶にしてください。死にますよ、マジで」

きっぱり言うと、川辺は子どものように拗《す》ねたので、祥子がよしよしと頭を撫《な》でていた。

(仕事はできるかもしれないけど、やっぱ変わってるわ……この部署……)

そんなことを思いつつ、自動販売機を目指して歩いていたとき、給湯室の中に白衣姿の女性を目にした。

(谷川さん……今日は女医さんか。まあミニスカじゃないだけましか)

希美は、スマホで誰かと話しながら思いつめたような表情をしている。

白衣とタイトスカート姿で深刻そうな顔をしていると、難しい手術でも控えてそうな雰囲気だ。

(なんか《私、失敗しないので》とか言いそうだな。そっか、あの女医役の女優に谷川さん、ちょっと似てるな)

切れ長の目に端正《たんせい》な顔立ち。

それにすらりとしたモデル張りのスタイルのよさ。

おっぱいもお尻も大きくて、ゴージャスだ。

(いいよなあ……)

と、見ていたら、

「慰謝料は無理って、どういうことですか？」

（は？　慰謝料？）

シリアスな会話が聞こえてきて、純一は思わず給湯室の入り口の手前で壁にぴたりと張りついてしまった。

（慰謝料……前の旦那さんとの話し合いかな）

希美はバツイチだと聞いているが、どうやらまだもめているらしい。

いけないと思いつつも、給湯室の前から動けなくなってしまった。

（慰謝料は無理って、裁判でもしてるのかな）

大変だなあと思っていたら、希美が急に出てきてギクッとした。

「あら、春日くん。何をしてるの？」

「えっ？　あ、いや……それよりなんですか、その格好。女医さんですか？」

話をそらすと、希美はうれしそうに白衣のポケットに両手を入れる。

「どう？　できる女医さんぽくない？」

得意げに言うので、純一も頷いた。

「ぽいですよ。ホントの女医さんみたい。『私、失敗しないので』とか言ってそ

ててし」

「ふうん。それよりも、あなたのこと、ちょっと見直したわよ。友田さん感謝し

う」

「何でもないです。忘れてください」

女医に真顔で返された。

「何それ？」

「あ、ありがとうございます」

希美が珍しく褒めてくれた。

「あらあ、あなた、暢気《のんき》にお礼言ってる場合じゃないわよ。あなたが今まで強引に建てさせたお家から、これからあなた宛てにばんばんクレームくるから。どうするの、嘘《うそ》ついてましたって、正直に言うのかしらねえ」

冷たく笑う希美に、こちらからは笑みを返せなかった。

「まあ、せいぜい頑張ってね」

そう言って去っていく希美の後ろ姿を、純一はじっと眺めていた。

美人の女上司も、純一のことはまだ信用していないらしい。

（食えない人って感じだな……）

本当に一筋縄《ひとすじなわ》じゃいかない連中ばかりだ。

2

希美の言葉が重くのしかかってきたのは、それから一週間後のことだった。

「いや、まさか春日の勤めてるところだったなんてなあ」

高校のクラスメイトだった石原祐介《いしはらゆうすけ》に電話をかけると、思いがけず話が弾んだ。

高校時代、祐介とはそこまで仲が良かったわけでもないが、急に連絡を取ったのには理由があった。

〈みつともホーム〉の住宅定期メンテリストに、石原祐介の名があったのだ。もしかしたらと連絡を取ってみたらビンゴだった。

石原祐介が四年前に同じクラスメイトだった相本莉奈《あいもとりな》と結婚したのは知っていたが、そのあとすぐに家を建てたとは知らなかった。

祐介は資産家の跡取りだった。

おそらく、実家が持っていた土地に建てたのだろう。

「高校のクラスメイトが定期メンテしてくれるなんて、ラッキーだったなあ。家のことなんか親に任せきりで、全然わかんないんだ」

案の定だ。

さすが、金持ちのぼんぼん。

せっかくだから夕飯でも食べに来ないかと誘われ、純一は電車で祐介の家に向かうことにした。

クラスメイトが客になったから、というわけではない。

祐介と結婚した莉奈は、純一がひそかに憧《あこが》れていた人だったからだ。

莉奈のことは高校一年のときから知っていた。

入学して間もなく、相本莉奈という同級生がかなりの美少女だという噂が同学年の男子の間で瞬《また》く間《ま》に広まり、純一も友達を誘って、わざわざそのクラスに見にいったのだ。

初めて見た時の莉奈の可愛らしさは、今でもよく覚えている。

長いストレートの黒髪は艶やかに輝き、かなり小柄で、信じられないくらい小顔であった。

ぱっちりした目や、控えめな鼻筋や薄い唇がいかにも上品で、所作《しょさ》のひとつひとつが洗練《せんれん》されている。深窓《しんそう》の令嬢というのはこういう女の子をいうんだなあと、一目で心を奪われたのだ。

その二年後。高校の三年のときに莉奈と同じクラスになって有頂天《うちょうてん》になったが、だからといって会話なんてほとんどした記憶がない。女子が苦手だったわけでもなかったが、他の女の子とは別格に神々《こうごう》しくて話しかけられなかったのだ。

それが同じクラスの祐介と結婚したと聞いて、正直嫉妬した。結婚式の二次会には招待されたけれど、欠席したのは仕事が忙しいというだけでなく、祐介のものになってしまう莉奈を見たくなかったからだ。

(会うのは……八年ぶりか……)

緊張しながら、祐介宅の住所に向かう。

私鉄の急行が停まる駅から歩いて数分のところに、こぢんまりした二階建ての家があった。

(いいところに土地を持ってたんだなあ)

ついつい営業マン目線で見てしまう。

祐介の実家もそう遠くないのに、わざわざ新築を建てたということは、それだけ余裕があるということだ。

しかも建坪は広くないが、金がかかっているのがわかる。使っている部材がいちいち高級なのだ。

やはり嫉妬してしまうけれど、ウチの会社にとってはお得意様だ。

インターフォンを鳴らすと、すぐに祐介が出て、ドアを開けてくれた。

「おう、春日……久しぶりって……なんだ、全然変わってないな」

玄関から出てきた祐介を見て、純一も懐かしいなと思った。

「おまえもなんも変わってないじゃないか」

高校時代はあまり喋《しゃべ》らなかったが、意外に抵抗がなかった。

それはお互いが大人になったからかもしれない。

「春日くん。久しぶりね」

遅れて玄関に出てきた莉奈を見て、純一は一気に身体を熱くした。

（相本っ……うわあっ……想像していたより、キレイになってる……）

八年ぶりに再会したあのときの美少女は、当時の面影《おもかげ》を残しつつも、しっとりした大人の女性に成長していた。

片側に流したセミロングの栗色の髪、切れ長でありながらも、ぱっちりとしたアーモンドアイが、クールでミステリアスな印象だ。しかもその小柄な体軀《たいく》も相まって可愛らしい雰囲気も醸《かも》し出《だ》している。

(相変わらず小悪魔的な美少女って感じだ。目力《めぢから》があってキュートで、色っぽく見つめてくるけど可愛いって感じもする……男心をくすぐるんだよな、相本って)

小柄で上目遣いに甘えるような仕草《しぐさ》も、あのときのままだ。

透き通るような白い肌も変わりない。

小柄でスリムで華奢《きゃしゃ》な身体つきも高校時代のまま。

「ひ、久しぶりだよな。変わってないな、相本も」

意識しているのを悟られないように、平然と振る舞う。

「相本って言われるの、懐かしいわ」

「そ、そうか……そうだよな……なんて呼ぼうか。奥さん、とか？」

「やあだ、春日くんが〝奥さん〟って言うと、なあんかエッチな響き。莉奈でいいよ。同級生なんだし」

「エッ、エッチって……な、なんだよ、それ」

言い返すと、莉奈は愛らしくクスクス笑う。

（相本って、こんなこと言うキャラだったのか……）

意外だった。

高校時代は高嶺の花で、真面目な優等生だった記憶しかない。こんな茶目っ気があるって知ってたら、もっと喋ればよかったなと今さらながら後悔した。

「遠慮しなくていいから。ゆっくりくつろいでくれ」

祐介がにこやかに言いながら、リビングに通してくれた。

大きなソファのあるリビングは、シンプルだがセンスがよかった。

一角に小上がりの座敷があって、そこの座卓に簡単なつまみが用意してあった。

「悪くないだろう」

祐介が胸を張る。

「おお。なんかホテルみたいにキレイだな。まあウチがやったんだから、悪いところなんてないだろうけどな」

座敷に上がって座布団に座る。

莉奈の前を通ったとき、甘い匂いがしてくらくらした。

（高校時代も、いい匂いしてたよなあ……）

意識しないようにしてても、ついつい莉奈の方ばかり見てしまう。

「莉奈、ビールを出してくれ」

「あ、うん」

莉奈は甲斐甲斐《かいがい》しくグラスとビールを用意してくれた。

ちらっと見ると、莉奈と目が合った。

(あれ？　今、なんだか一瞬寂しそうな顔、してなかったか？)

気のせいだろうか。

なんとなくだが、祐介との間にぎこちなさというか、気まずい空気を感じた。

(まあ結婚して四年も経つしなあ……)

しかも出会ったのは高校時代だから、付き合いも長い。こんな突き放した感じになるのも、当然といえば当然かもしれない。

「どうぞ、春日くん」

莉奈が瓶《びん》ビールを手に酌《つ》いでくれようとする。

「あ、ありがとう」

グラスを差し出すと、莉奈が丁寧《ていねい》に酌《しゃく》をしてくれた。

(い、いいなあ……こんな可愛くて世話好きのお嫁さんがいてくれたら、絶対に

まっすぐ家に帰るよ)

改めて、高校時代のマドンナが人妻になってしまったんだなあと思う。

しかもその相手が元クラスメイトなんだから、やはり嫉妬めいたものが心に湧いてしまう。

「よし、再会に乾杯しようぜ」

祐介の音頭で、三人はグラスを合わせた。

半分ほど飲んでから、莉奈を見る。

両手でグラスを持って、ゆっくりビールを飲んでいた。

ほっそりした仄白《ほのじろ》い喉が、こくんこくんと動くのを目《ま》の当たりにして、艶《なま》めかしい気分になってしまう。

「美味しいっ」

莉奈がウフフと笑った。

薄く赤い唇が濡れて、白いデコルテがほんのりピンクに染まっていく。

(くうう、エ、エロいな)

少し前に出会った人妻の彩也子も色っぽかった。

だが、目の前にいる莉奈は、彼女に輪をかけて男の欲情を誘ってくる。

可愛いままに、大人っぽく成長して色香を身にまとい、より妖艶《ようえん》な雰囲気が増している。

(小柄で細くて、か弱い女の子って感じだ……守ってあげたくなる……華奢そうなのに抱いたら柔らかそうで……)

だめだ。

想いがあふれてきて、祐介との会話が上《うわ》の空《そら》になってしまう。

それを振り払うように、意識的に祐介の方を向く。

「しかし懐かしいな。あの頃……覚えてるか、高三のときの修学旅行で、夜、みんなで部屋に集まってさ。朝までずっと話してて、寝てないから次の日全員ふらふら。山田《やまだ》なんかぼうっとしてて、鹿に制服の裾を囓《かじ》られてただろ」

アルコールが入って、祐介は饒舌《じょうぜつ》になってきた。

「ああっ、あったなあ。そんなこと。そうそう徹夜で恋バナして。みんなで好きな子の話して盛り上がったんだよなあ。当時から祐介は、相本……じゃなくて莉奈のこと好きって言ってたよな」

祐介がちらりと莉奈を見た。

「そうだっけ」

「そうだよ。ていうか、あのとき集まっていた男の半分は、莉奈の名前を挙げてただろ。くっそー、おまえはみんなの憧れの的を射止めたんだぞ。自覚しろ」

持ち上げると、祐介は目尻を下げた。

「いやいや、そんな……まあ、だいぶ嫉妬されたけどな」

うれしそうに謙遜《けんそん》する祐介は、この世の春を謳歌《おうか》しているみたいだった。

だが莉奈は……。

照れて笑っているが、この話題に乗っかってくる感じもない。

「あれ？　春日は誰のことが好きだったんだっけ？」

酔った祐介が訊いてきた。

ドキッとして、思わず莉奈をチラッと見てしまう。

ここで「今、おまえの横にいる人だよ」と、言ってしまえば、酒の席でも雰囲気が微妙になることはわかっていた。

「柴田《しばた》って言ったと思う。柴田明里《あかり》」

「懐かしいな。四組のな。柴田も人気あったよなあ。そっか、春日は柴田派だったか」

祐介は、うんうんと頷いて、ビールを呷《あお》る。

（くそ、本当は目の前にいるおまえの奥さんが好きだったんだよ。毎日のように妄想してオナニーしてたんだ）

あははと苦笑いするも、暗い嫉妬がまた湧きあがった。

ビールから日本酒、ウイスキーへと変えながら、昔話に花が咲いた。

「しかし、キレイになったよな、莉奈」

これくらいなら言ってもかまわないだろうと、本心を言ってみる。

「えー？　ありがと。でも、春日くんがそんなこと言うとは思わなかった」

莉奈が照れて言う。

祐介は、

「そうかねぇ」

と、嫁に対して軽んじるような態度を取った。

「あ、でも、莉奈さあ、胸はおっきくなったんだよな、高校時代より。ブラのサイズがだいぶ変わったって言ってたよな……いてっ」

さすがに莉奈に肩を叩かれていた。

「えーっ、言ってもいいだろ」

「よくないっ」

莉奈の目の奥が笑っていなかった。

ちょっと雰囲気が悪くなりそうで、純一は慌てた。

「えーっ、莉奈、そんな大きくなったのかよ、どれどれっ」

わざといやらしい手つきをしてみせる。

莉奈も祐介も呆れて笑ってくれるかなと思ったのだ。

だが、

「ウフフっ……春日くんのエッチ……しょうがないなあ」

と、莉奈がニット越しのおっぱいを突き出してきたので、純一は目を丸くした。

「い、いや、冗談だからっ」

あははと笑うと、ふたりもようやく笑ってくれた。

(女友達か……)

ちょっと切ないけど、もう友人の奥さんだ。

これでいいんだ、この関係で。

時計を見ると、もう十一時をまわっていた。

3

「あら、この人、寝ちゃった？」

キッチンにいた莉奈が戻ってきて、やれやれとため息をついた。

祐介が、ちょっと横になると言いながら、ソファでいびきをかき始めてしまったのだ。

「あんまり酒は強くないみたいだな。いつもこんな感じなのか？」

純一が訊くと、莉奈は「うーん」と首をかしげた。

「いつもはそんなに飲まないのよねえ。春日くんが来て、ちょっとはしゃいじゃったのかも」

「そっか」

「でも困ったなあ。ソファで寝ると身体が痛くなるって、文句言うんだもん。自分で寝たくせに」

「いいよ、僕が運んでやるから」

まるで起きないので寝室に運ぶのは苦労した。

おかげで汗をかいて、すっかり酔いが醒《さ》めてしまった。

「ありがとう。助かったわ」

「いや、平気だよ」

祐介がいなくなって、リビングで莉奈とふたりきりになる。

緊張してどっと汗が噴き出てきた。

(いやいや、人妻だぞ……)

何かへんな目で見てないだろうか。

莉奈は特に意識してないみたいだが、こちらはもう意識しまくりだ。

(でもなあ……高校の三年間に恋焦《こいこ》がれた片思いの相手だし……意識するなって方が無理だよな)

しかもだ。

二十六歳になった可愛い人妻は、むせ返るほど濃厚な色香を身にまとっているのだからたまらない。

ミステリアスな美少女のままの顔立ち。

小柄で細いのに、淡いピンク色のニットを大きく突き上げる胸のふくらみ、それにヒップの大きさは発育途中だった高校時代とはまるで違った。

清楚で可憐だった少女は、清純さを残しつつも、女の悦びを知りつくしたようなエロい身体に成長した。

（やばいな、このままだとエロい目で見てるのがバレてしまう。長居するわけにもいかないし、そろそろ……）

ちらりと壁掛けの時計を見たら、十二時をとっくに過ぎていた。

「そろそろおいとましようかな」

切り出したときに、莉奈はワイングラスとワインを持ってきた。

「明日は土曜日だけど、仕事？」

「ああ。でも会社じゃなくて直接、現場に行くから……昼の十一時くらいに新《しん》宿《じゅく》に行けば……」

「だったら、泊まっていったら？」

「えっ？」

莉奈にあっさり言われて、ドキッとした。

「もう電車もないし、新宿ならウチからの方が近いでしょ」

「いや、でも……」

「あの人、すごく楽しそうだったから、また会いたいって言いたいんじゃないかと思うし……それに私も……もっと思い出話をしたいし」

上目遣いに見つめられると、純一の息は詰まった。

（なんなんだよ、この可愛らしさは……）

手を伸ばしてギュッとしたくなるほど、愛らしい仕草だ。それに……イタズラっぽく笑う表情に大人の女を感じた。どうやらかなり酔っているようだ。

いけないと思うのだが、もっと一緒にいたいと思ってしまった。

「じゃあ、お言葉に甘えて」

「よかった。下着の買い置きもあるから、それを使ってね。お風呂も入りたかったら、沸かし直すし」

「至《いた》れり尽《つ》くせりだなあ。僕も結婚するなら、莉奈みたいな可愛いお嫁さんがいいよなあ」

酔ったフリをして、長年言えなかったことをさらりと言った。

莉奈はびっくりした様子だったが、すぐにウフフと笑みを浮かべた。

「春日くん、彼女とかいないの？」

「いないよ」

「そうなんだ、モテそうだけど。可愛いお嫁さんか……ウフフ。春日くんにそんな風に言われるなんて……うれしい。ハイっ、ワインのサービスっ」

立ちあがってグラスに赤ワインをついでくれた。

（あっ……）

前屈みになっているから、Vネックの胸元が少し開き、莉奈の乳房の谷間が覗いた。

シミひとつない真っ白いふくらみが、深い谷間をつくって中央に寄せられてせめぎあっていた。清楚な人妻に似合う純白のブラジャーのレースまで見えてしまい、純一は身体が熱くなった。

（相本の……莉奈のおっぱいが……サービスって、ワインじゃなくて、こっちの方だったりして）

くだらないことを考えてしまい、目をそらす。

「あっ、そうだ。チーズがあったんだ」

と、莉奈は楽しそうにキッチンに向かうのだが、その後ろ姿もまた艶めかしく、純一はスカートを盛り上げる張り詰めた尻を目で追ってしまう。いやらしい尻だった。

（くうう、一戦交えたくなるような、エロい身体になったよな）

祐介がうらやましすぎて、嫌いになりそうだ。

莉奈が皿にチーズを盛って戻ってきて、向かいのソファに座った。

グラスを持ち上げて、

「かんぱーい」

と、満面の笑みを見せる莉奈を、改めて好きだったんだなあと、感傷的になってしまう。

「どうしたの？　じっと見て」

言われて、純一は苦笑した。

「あ、いや、その……やっぱり、いい奥さんになったなあっていうか……さっきも言ったけど祐介がうらやましいよ。二十六で、新築一軒家も建てて。こんな美人な奥さんをもらってさ」

本音だった。

しかし、莉奈は照れ笑いを浮かべるでもなく、ガラスの酒器を置いて寂しそうな顔をした。

「うん、家ね……でもよかった、春日くんの会社に建ててもらって。保証も三十年無償なんてすごいわよね」

莉奈が言った。

「そうよ、ええっと……あ、春日くんが来るから用意してたんだった」

莉奈が契約書を持ってくる。

嫌な予感がして、純一は契約書をまじまじと眺めた。

（やっぱりだ……）

契約書は純一がフォーマットを直したものだった。

新築物件の保証は十年と定められているが、そこから先はメーカーごとに違う保証である。

〈みつともホーム〉の特約での保証は三十年。

《ただし、十年ごとに有償のメンテナンスを受けたものに限る》と、契約書の裏に小さく書いてある。

（谷川さんの言った通りだ。バチがあたったんだ……僕が過去にやったことと向き合うことになるなんて……）

これは黙っているわけにはいかない。

契約書を見ながら、純一は真顔で言った。

「これ……三十年保証には条件があるんだ」

「条件？」

莉奈が訝《いぶか》しんだ顔をする。

「ここ見て」

指を差したところは、契約書裏面のほとんど欄外にある注意書きだ。

ここに重要なことが書いてあるなんて、説明されなければわからない。

「えーと、保証は十年ごとの有償メンテを受けたものに限り……えっ、有償？」

莉奈がハッとして顔をあげる。

純一は頭を下げた。

「すまない。どうにも、わかりにくくて。ホントはもっと大きく書くべき重要なことだし、契約時にちゃんと説明しなければいけないのに……、ごめん」

最初は睨《にら》んでいた莉奈だが、ふっと相好《そうごう》を崩《くず》して微笑んでくれた。

「いいのよ。三十年後のことなんて。十年後だって、この家に住んでるかどうかもわかんないんだから」

「は？」

純一は驚いた顔をする。

莉奈がワインを口に運んでから、うつむいた。

しばらく黙って一点を見つめてから、口を開く。

「あの人……、浮気してるの」

「……えええっ？」

衝撃的な告白に、純一は何度も目を瞬《しばたた》かせる。

「ホントなのか、それ」

「多分……ううん、間違いない。私ね、偶然に彼のＬＩＮＥを見ちゃったの。そこに知らない女性とのやりとりがあって……かなり親密なやりとりで……」

ウソだろう？

こんな美人で気立てのよい奥さんがいるのに、浮気をするってどういう神経をしているんだ。

（時折、莉奈が寂しそうに見えたのは、それか……）

気まずくなって、純一もワインを飲んだ。

ほろ苦くて、かなり重めのワインだった。

彼女もワインを飲んでから、にこっと微笑んだ。

「ごめんね。せっかく来てもらったのに、こんな話……やだわ。私、かなり酔ってたから……今の話、忘れてっ……飲みましょっ」

莉奈がわざとらしく笑う。

しかし、純一はまだ動揺していた。

「いや、でも……」

「いいのよ、心配しなくて」

「するさ。するに決まってる。莉奈のことなんだから……」

慌てて口をつぐんだ。

危うく、いけない言葉を口にするところだった。

弱っている女性につけ込む、悪い言葉だ。慰めにもならない。

だが莉奈は流してはくれなかった。

「え……私だからって、どういうこと？」

沈んでいた彼女の顔が、少しだけ和らいだ。

莉奈はすぐにイタズラっぽい笑みを浮かべて、また小悪魔的な上目遣いで見つめてくる。

「ど、どういうことって……なんでもないよ。ど、同級生なんだから、心配するに決まってる」

「ねえ、春日くん……」

莉奈が意味ありげな目つきを向けてきた。とろんととろけた甘い目元に、長い睫毛《まつげ》……ミステリアスなアーモンドアイが、とろんととろけて見つめてきていた。ほんのりと赤く染まった美貌がすぐそこにあり、ワインの香りがする甘い吐息が漂ってくる。

「ホントは高校時代、私のことが好きだった、とか」

「な、ないよ……なんでそう思うんだよ」

「だって、柴田さんの名前を言う前に、私をチラッと見たじゃない」

大正解だった。だが、言うわけにはいかない。

「ち、違うって」

「ホントに？」

「も、もちろ……」

言いかけて、息が止まった。

莉奈がソファの隣に移動してきたからだ。

（う、うわっ……）

ぴたりと身体を寄せてくる。

（な、なんで？　どういうつもりだよ……酔ってるのか？）

乳房の重みが右の二の腕に感じるし、何よりも莉奈の顔をこんな間近で見たことがなかったので、どうにかなりそうだった。

「あっ、えーっと……お風呂借りようかな。汗かいたし」

女友達と、一線を越えまいと必死だった。

「……そう、じゃあ追《お》い焚《だ》きするね」

莉奈はリビングから出ていった。ホッとするのと同時に、少しだけ後悔した。

(くっそ……女友達……か……)

夫の浮気を聞いたからといって、さすがに押し倒すわけにはいかない。

4

案内された浴室は、この家の自慢というだけあって立派なものだった。

浴槽は規定サイズより大きくて、洗い場も広々としている。

(しかし、可愛らしかったなあ……あの頃のまま……いや、色気も加わってさらにいい女になった)

純一は湯船に浸かりながら、はぁっとため息をついた。

熱い湯を手ですくい、酔って火照《ほて》っていた顔をザブザブと洗う。

柔らかな湯気が身体を押し包んでいた。

自宅マンションより遥《はる》かに大きい浴槽で、純一は「うーん」と大きく伸びをした。

（もったいなかったかな……）

気を紛《まぎ》らわせようとしても、考えるのは莉奈のことばかりだ。

目と鼻の先に、長い睫毛のぱっちりした大きな目と、ぷるんとした赤い唇があった。

肌理《きめ》の細《こま》やかな白い肌。

ふわりとした、セミロングの栗色の髪。

そして……女らしく見事に発達したおっぱいやお尻。

《ホントは好きだったの、春日くん》

《僕もだ。あのときからずっと片思いしてたんだ》

なんて言葉を交わしながら、イチャイチャしてみたい。

可愛らしい莉奈を裸に剝《む》き、大きなおっぱいやお尻を舐《な》めたり揉《も》んだりしながら、チンポをアソコに入れ、思うぞんぶん精液を流し込むのだ。

湯の中で股間が痛いほどみなぎった。

「はぁ……」

だけど、またため息が出る。

（友人の奥さん……だもんな……）

先ほどの祐介の言葉を思い出した。

《胸はおっきくなったんだよな、高校時代より。ブラのサイズがだいぶ変わったって……》

うらやましくてたまらない。

おそらく、莉奈の乳房をたっぷりと揉みしだいたのだろう。

そればかりではない。

夫婦なのだから、生ハメして、たっぷりと莉奈の身体を味わって、いろいろ教えたんだろうって思うと、さらに股間が充血した。

（やばいな、くっそ……出したくなってきた……）

とはいえさすがに他人の家の浴室で自慰行為はできない。

身体を洗っているうちに鎮まるだろうと、勃起したまま洗い場の椅子《いす》に腰掛けたそのときだった。

浴室ドアの磨《す》りガラスに、ぼんやりと人影が映っていた。

(あれ？　莉奈……え……？)

ギョッとした。

磨りガラスの向こうの莉奈が、こちらに背を向けたまま、服を脱ぎはじめたからである。

(な、なんで？　どうして……？)

動揺した。

服を脱ぐというのは、どういうことだ？

それにしてはパジャマを着るような気配もない。

着替えるのか？

(は？　えっ……えええっ⁉)

ギョッとなった。

すでに淡いピンクのニットを脱いでいた莉奈は、さらに穿いていたスカートを床に落とした。

ぼんやりと白い下着姿が見えている。

続けて、莉奈が背中に両手を持っていく。

ブラジャーが緩み、それを腕から抜き取って、次は腰を屈めてパンティを下ろしていく。

（な、何をしてるんだ？　は、裸になって……）

じっと磨りガラスを見つめていると、その扉が開いたので、純一はとっさに勃起を両手で隠して、椅子に座ったたまくるりと背を向ける。

「なっ、えっ……お、おいっ……何してんだよ」

動揺しまくって声がかすれる。

ちらりと肩越しに背後を見ると、莉奈がバスタオル一枚という姿で立っていた。

おっぱいや陰部はタオルで隠れているものの、なで肩や、むっちりした太ももが露出していた。

再び慌てて壁を向く。

（は、はだ、はだかっ⁉　莉奈の裸っ）

心臓が止まりそうだった。

「ウフッ……うれしい？　背中を流してあげようかなって」

「マ、マジかよ。へぇえ、すごいな、ホ、ホントに至れり尽くせりなんだな」

莉奈の気持ちがわからないから、とにかく女友達とのきわどいおふざけみたいなものだと、自分に言い聞かせる。

「そうよ。普通ならしないけど、春日くんだから……」

「いや、でも……僕も男だぞ。いくら友達でも、そんな格好で入ってこられたら襲っちゃうからさあ」

ぴたりと背中に手を置かれて、純一は驚いてビクンと身体が震えた。

「春日くんたら、私のこと襲おうなんて思っちゃうんだ。やあん、女なら誰でも見境ないって感じね。たまってるの？　そうよねえ、すごく大きくなってるし」

肩越しに勃起を覗かれたとわかり、真っ赤な顔で振り向いた。

「ば、ばか、なってないよ」

「なってるでしょう？　私だってもう人妻なんだから、そういうのもわかるよ」

そう言いながら、ぴたりと背中にくっつかれた。

（うわわわ！）

タオル越しにも、ふにょっとしたおっぱいの感触が伝わってくる。

隠していた勃起が、ビンッ、と持ち上がる。

慌ててもう一度両手を被せるも、くっついていた莉奈がクスクスと笑った。

「すごい元気。ねえ、どうしてこんなに大きくしてるの？」

横から差し入れられた莉奈の右手が、肉竿に触れてきた。

もう友達としての境界を完全に越えている。

「お、おいっ」

躊躇《ちゅうちょ》することなく握り込んでくる。

清楚な美少女だった……学年一のマドンナだった……そんな彼女のしなやかな右手が、自分の勃起にいやらしくからみついている。

夢のようだった。

痛くなるほどビンビンになり、ガマン汁が噴きこぼれる。

「ウフフッ。私の手がうれしいんだあ……ねえ、どうして？」

甘ったるい呼気《こき》が耳をかすめる。

ゾクゾクした痺《しび》れがきて、腰が疼《うず》いていく。

「や、やめろって……こんなとこ、祐介に見つかったら……」

「大丈夫。あの人はお酒飲んで寝たら朝まで起きないから。ねえねえ、それよりも答えてくれないと……」

イタズラっぽく笑い、しなやかな指で充血した肉茎の根元から、敏感なカリ裏までシゴかれると、猛烈な気持ちよさが襲ってきて、いてもたってもいられなくなる。

「くううう、ちょっと……出ちゃうって……興奮するに決まってるだろう。ホントは柴田明里じゃなくて、莉奈のことが好きだったんだから……」

追い詰められて、真実を白状した。

シゴく手がぴたりと止まり、耳元で、

「ウフフ……」

と、可愛らしくささやかれた。

「それじゃあ、私にこんなことされたら、うれしいのね。ウフフ……手伝ってあげるからぁ」

「て、手伝うって」

莉奈の指が情熱的にこすってきていた。

もうからかうなんて感じじゃなくて、淫らでいやらしい指使いだ。

「ま、待てって」

「昔好きだった子に、シコシコされてうれしいんでしょう？　ウフフ、感謝しなさいっ」

クスクス笑いながら、根元から先端までをこすってくる。

「くっ……り、莉奈っ」

もうイタズラでは済まなくなっている。

本気で怒ろうかと、振り向いたときだ。

（えっ……）

言葉が詰まった。

莉奈がうるうると、濡れた瞳で見つめてきた。

ミステリアスなアーモンドアイをうっとりとさせ、欲情を生々しく伝えてきたのだ。

（莉奈っ……ああ、寂しいんだな……）

抱けるっ……。

直感した。

莉奈はイタズラしているふりをして、男友達の自分に抱かれてもいいと思っている。

高校の三年間、莉奈とのキスやセックスを何度夢見たことだろう。

今、その夢が叶う。この手に抱きしめればいい。

だが、祐介を裏切っていいものか。誰か知らない女と浮気しているとはいえ、まだ夫婦。莉奈は祐介のものなのだ。

「……私で、こんなに大きくしてくれたのね……」

軽くウェーブした栗色の髪から、甘い匂いが漂ってくる。

だめだ。もうガマンできない。友達なんて、そんな関係のままなんてもう無理だった。

「……莉奈っ」

洗い場に押し倒して顔を寄せ、勢いのままに唇を重ねた。洗い場は広いし、浴室内マットも敷いてある。

「……ぅんんっ……んふ……」

鼻先に甘い呼気がかかる。

（うわああ……り、莉奈と……今、キスしてる……ッ）

頭がおかしくなりそうだった。

夢中になって唇を押しつけると、

「んん……んっ……」

莉奈が鼻奥からくぐもった声を漏らしながら、激しく呼応してくる。

夢中でバスタオルを剝《は》ぎ、莉奈を素っ裸にして抱きしめ合う。

肌と肌をこすり合わせ、勃起を彼女の下腹部に押しつけ、もっとギュッとしたいと伝える。

（小さくて可愛い……腕の中で折れそうだ……だけど、おっぱいのふくらみはすごくて……さ、最高だっ……）

唇のあわいにするりと舌先を忍び込ませれば、莉奈も舌を積極的にからめてきて、ねちゃ、ねちゃ、と唾液音のするディープキスになる。

「ぅんんっ……ぅぅん……」

莉奈のくぐもった鼻声が、悩ましく官能的なものに変わっていく。

（ああ……莉奈の口の中、甘い……それに、なんなんだよ、この柔らかくて、とろけそうな身体は……）

興奮して、莉奈の口に吸いついて、舌の根元まで吸いあげる。

彼女は少しつらそうに、

「んッ……んッ……」

と、弾むような呼吸をする。

キスしながら薄目を開ければ、莉奈は眉間にシワを寄せた色っぽい表情で、小さな舌を伸ばして、純一の口をまさぐっていた。

（い、いけるっ……莉奈とヤれる……セックスできるっ）

夢見心地で、乳房のふくらみに手を伸ばした。

やわやわと揉みしだくと、

「あっ……あんっ……」

と、莉奈はキスを外して、恥ずかしそうにイヤイヤする。

（か、可愛いっ……！）

もう天国だった。

純一は夢中でおっぱいを揉んだ。

胸のふくらみは、強く捏《こ》ね回《まわ》しても、豊かな弾力で指を跳ね返してくる。

（すげえ……ぶわわんって、莉奈のおっぱい……）

柔らかいのに、肉のしなりがすごくて揉みごたえがある。

しかも見た目が美しい。仰向けなのにしっかりと丸みを描いて、ツンと薄ピンクの乳首が威張っている。

純一は鼻息荒く、乳房を裾野からすくい上げつつ、勃起を莉奈の恥部にこすりつけた。

「んんんっ……んんっ……はっ……ああんっ」

莉奈が恥ずかしそうに目元を赤く染めて、白い裸体をくねらせる。

男の強い欲望を感じて、戸惑っている様子だ。

(そんなに経験もないみたいだな……)

うれしかった。

もうどうなってもいい。莉奈とひとつになりたい。

ただそれだけで、右手を莉奈の股間に差し伸べ、恥部に触れると濡れきっていて……。

「だっ、だめっ!」

莉奈が手で押さえつけてきた。

純一は手を止めた。

莉奈が目に涙をためて、本気でいやがる素振《そぶ》りを見せたからだ。

5

「……ごめんね……私……」

莉奈は涙を浮かべながら、うつむいた。

やっぱり、まだ、だめなんだ。

夫の祐介が浮気している。それでも、だめらしい。

「うん、いや……」

なんと言っていいかわからなかった。

純一は莉奈から離れて、浴槽の縁《へり》に腰掛ける。莉奈も上体を起こして髪をかき上げ、バスタオルを身体に巻き付けて涙を手で拭った。

「あ、あのさ……いや、莉奈って、ホントにすげえおっぱいしてるんだな」

純一はとっさにおどけて、気まずい空気を変えようとした。

「えっ」

莉奈が顔を上げて、赤く泣きはらした目を瞬かせる。

「高校時代より大きくなったってホントなんだな。Fカップとかあったりして」

いひひ、といやらしく笑うと、ようやく莉奈もクスッと笑ってくれた。

「やだ……エッチ……もうっ」

むくれた表情もまた、可愛らしくてときめいた。

「あがろうか」

と、声をかけたときだ。

バスタオル一枚の莉奈が、純一の足下に正座して、まだ大きいままの勃起に手を伸ばしてきた。

「お、おい……もう無理しなくていいって……うっ……」

右手のシゴきが強くなってきた。

ジンとした痺れにも似た快感が、腰から全身に広がっていく。

（ち、違う……さっきのイタズラのときの指使いと、全然違う）

驚いて莉奈を見下ろす。彼女は恥ずかしそうに目の下を赤く染めていた。

「エッチはできないけど……でも、ここまでしちゃった責任はあるから……」

肉竿をゆるゆるとこすってくる。

チンポの皮が引き伸ばされたり、くちゃくちゃに緩まったりしている。とろけるような愉悦が、ひとこすりごとに高まってくる。

「……気持ちいい？」

上目遣いに見つめられた。

「ああ……い、いいよ……」

こちらももう、冗談では返せなくなった。

（莉奈が本気で手コキをしてくれている……これを思い出に……）

そのときだ。莉奈が勃起に顔を近づけて咥《くわ》え込んできた。

「え……うっ……ッ」

純一は腰を震わせた。

温かな潤みに、じんわりとペニスが包み込まれていく。

（ウソだろ……莉奈に……フェラチオされてるっ！）

自分の性器が、みんなの憧れの的だったマドンナの口の中にある。

信じられなかった。

「り、莉奈っ……おいっ……」

さらさらとしたセミロングの栗色の髪が下腹部を撫《な》で、ぷっくりした唇が甘く亀頭部を包み込んでいた。

「おい、ホ、ホントに……む、無理しなくても……」

心配して言うと、莉奈は咥えながら首を横に振り、そして頬をくぼませ、

「んっ……んっ……」

と、苦しそうに息を弾ませつつ、顔を打ち振ってきた。

じゅぷっ、じゅぷっ……れろぉっ……じゅるっ……。

湯気の中で莉奈の唾液たっぷりの舌と唇の摩擦音が響き、純一の太ももをぐっとつかんで股の間で膝立ちしたまま、ペニスを舐めしゃぶられる。

（うわっ……すごい……莉奈が……僕のチンチンをしゃぶってっ……くううっ、ああ……あったかくて、気持ちよすぎるっ……）

紅唇で甘く締められつつ、口中では舌で亀頭冠《きとうかん》を舐めまわされている。気持ちよすぎて、浴槽の縁に座ったまま尻や腰を震わせてしまう。

けして上手というわけではない。

やはり経験は少ないのだろう。だが、一生懸命さがいい。イカせてあげたいという情熱のこもった奉仕がたまらない。

純一は腕を伸ばし、莉奈の髪をかき上げる。

「むふぅっ……」

莉奈がしゃぶったまま、苦悶《くもん》の表情で見上げてきて、ちゅぽっと切っ先を口から離した。

「いやっ……そんなにじっと見ないで……すごく恥ずかしいのよ」

「でも、いやらしくて……たまんないんだよ、莉奈の咥え顔」

莉奈は困ったように眉根をひそめて、イヤイヤした。

「そんなに見たいの……？　私がオチンチンを口に入れてるところ」

「見たいさ。莉奈の可愛い口から、自分のものが出たり入ったりなんて……好きだった子に舐められるなんて、一生ものだよ」

　本気でそう思った。

「もうっ……」

　莉奈は呆れたように頰をふくらませるも、また咥え込み、今度はもっと激しく顔を上下に揺すってくる。

「んっ、んっ」

　息を漏らしながら、莉奈が唇を滑らせてくる。

「あっ……くうう……」

　あまりの快楽に、目をつむりたくなってしまう。

　それでもこんなチャンスを逃したくないと股間を見れば、バスタオルを巻いた莉奈が懸命に奉仕してくれていた。

「やばい……き、気持ちよすぎるよ」

　感想を言うと、莉奈はその言葉がうれしかったのか、ようやく上目遣いにこちらを見上げて、おしゃぶりを続けてくれた。

「み、見られながらフェラされるって、エロいっ」

　気持ちを声に出すと、莉奈はうれしそうにまた顔を振る。そして今度はつらそうに顔を歪め、喉奥まで切っ先を呑み込んできた。

「ううん……うううん……うう」

フェラチオしながらも、もどかしそうに腰や尻が揺れている。湯気の中でデコルテや首筋が桜色になっているのがわかる。

（しゃぶりながら……莉奈も興奮してきてる……）

そう思っていると、いよいよ大胆になってきた。

口中で亀頭冠を舌でくすぐり、エラの部分に舌を這わせてくる。

「うっ！　ああ……だ、だめっ……そこは……」

敏感な部分を唇や舌で刺激され続けていると、甘い痺れがいよいようねりあがってくる。

つたないフェラだが、やはり人妻だ。男の感じる部分をわかっている。

「ああ……だめっ……出ちゃうってば……」

髪が揺れて、さわさわと下腹部を撫でていた。

グッと奥まで咥えられたのだ。

「あああっ……ぐぅぅっ」

奥歯を嚙みしめつつ、天井を仰いだ。

ひりつくような射精感がこみあげてきた。やばいくらいに身悶えてしまう。

「ああ……莉奈……ッ」

一気に快感がふくれ、脊髄《せきずい》にまで、ぞわぞわが生じた。

射精のときの甘い陶酔感《とうすいかん》だ。

「うあっ、だめっ……で、出る……出るよっ！」

慌てて莉奈を勃起から離した。

莉奈は目をパチパチさせて、イタズラっぽく見つめてくる。

「ねえ、ホントは私のオクチの中に出したいんでしょう？」

ドキッとする台詞を言われて、目が点になった。

「え？　あ……そ、そんなこと」

「ウフフ、春日くんっ……ニヤニヤしちゃって。そうよね……男の人って、アレを飲ませたいのよね」

わかってるわ……という淫靡な顔つきだった。

「だ、出したいけど……」

「ウフフ……」

莉奈は含み笑いしてから再び咥え込み、じゅぽっ、じゅぽっ、といやらしい唾液音を立てながら激しく口で抜いてきた。

　本気で口内射精させる気だ。

（くうう……だ、だめだ）

　莉奈の息づかいが荒くなり、激しく唇でシゴかれる。

　そして咥えながら、「いいわよ」という風に目で合図を送ってきた。

（いいんだな……友人の奥さんに、憧れだったマドンナの口の中に、だ、出すぞっ、出しちゃうぞ……くううっ！）

　純一は腰を突き出し、大きくのけぞった。

「あっ、ふぅぅっ……くうっ、莉奈っ……！　うわああっ……」

　どぷゅっ、どくっ、どくっ……ぶりゅゅッ……。

　そんな音がしそうなほど、激しい放出に脳内がとろけた。

「んんっ……！」

　莉奈が驚愕《きようがく》に目を見開いた。

　おそらく想像以上の量が放出されて、驚いたのだろう。

　顔の上下動を止めて、咥えたまま目をつむる。

（ああ、憧れていた女性の口の中に精液を放ってる！）

あの青臭くどろっとした精液がかなりの量、放たれたはずである。

罪悪感が頭をよぎる。

しかし、もう身体に力が入らなくて、おしっこがだだ漏れしていくように、ドピュッ、ドピュッと放出が止まらない。

ようやく射精がやんだ。

気だるさに包まれながら、勃起を口から引き抜いたときだ。

莉奈が口をあけたまま涙目で見上げてきた。

「ご、ごめん……ホントに出して……早く吐き出し……」

言い終わる前に、莉奈は口を閉じると、白い喉を、こくっ、こくっ、と動かした。

「お、おいっ……飲んだのかっ」

呆気《あっけ》にとられて訊くと、莉奈は目を開けて、恥ずかしそうにはにかんだ。

「だって……見たいんでしょ？　私が飲んでるところ……すごく濃いのがいっぱい出たよ……ウフッ」

「い、いやじゃなかった？」

訊くと、莉奈は困ったような顔をした。

「やんっ、もう……正直言うと、すごく生臭くて苦かったわ。でも、いいの」

「うん……」

愛おしかった。

性器を洗ってから、バスタオルを外した莉奈と混浴した。

裸の莉奈を上に乗せて、キスをして見つめ合う。

「……ウフフ。ありがとう、春日くん……私、少しラクになったから……でも、つらくない？　最後までできなくて」

肩に手を乗せて、莉奈が申し訳なさそうに見つめてきた。

（くっそ……なんて可愛いんだよ……）

本当はこのまま、にゅるっと入れてしまいたかった。

騎乗位の姿勢だから、ペニスは莉奈のワレ目に触れているのだ。ほとんど素股《すまた》状態だ。

「つらいけど、いいよ。莉奈に咥えてもらったし、こうしておっぱいも眺められて、揉ませていただきましたから」

純一はそう言って、目の前にある乳房にパクッと吸いついた。

「あんっ！　やあんっ、もうっ……ホントにエッチ……やだっ……びくびくしてるしぃ……」

莉奈はジロッと睨んでくるも、すぐにクスクスと笑った。

「いいお風呂でしょ？」

「ああ。大きくていいな。ウチもいい仕事するだろう？」

「うん……それにアフターサービスも……夫婦仲まで心配してくれるなんて、いいメーカーさんに建ててもらったわ」

莉奈は吹っ切れたように言った。

残念だったけど、これで十分だった。

あとは、祐介と莉奈の問題だ。この家がもっと幸せになるようになればいいなと、心から純一は思うのだった。

第三章　二世帯住宅の性活事情

1

「は？　あるんですか、セックスレス解消のための風水なんて」

隣の川辺と話しているときに、ふいに思いついて訊いてみたら、

「あるよー」

と、彼が人形焼きを頬張りながら即答したのでちょっと驚いた。

「恋愛運、結婚運、セックス運……いろいろあるんだよねえ。気の乱れのせいで、夜があんまりうまくいかなくなる夫婦は多いんだよ」

「へぇえ」

「なあに、ここそこ話してるんっすか」

若手の電気技師、高宮が声をかけてきた。

「春日くんが、セックスレスで悩んでるから、風水でなんとかならないかって」

「はあ？　春日さん、まだ二十六でしょ」

「違う違う。ちょっと知り合いが困ってて、訊いてみただけだって。川辺さん、適当なこと言わないでくださいよ」

「えーっ！　純一くんって……ＥＤなんだあ」

お茶を持ってきたギャルの祥子が、川辺に輪をかけて適当な尾ひれを付け、勝手に驚いている。

「だからあ。違いますってっ」

声を荒らげると、課長の田所が咳払《せきばら》いして睨んできた。

祥子はさっといなくなり、純一は川辺や高宮と声をひそめる。

「セックスレス解消風水って、例えば、どんなやつですかね」

訊くと、川辺は「うーん」と唸《うな》ってから、

「そうねえ。夫婦円満の方角は北って言うね。家を建てるなら北側に寝室。だけど、そこまでしなくても、北側に物を置かずにすっきりさせるとか、観葉植物を置くとか、気の通りをよくするだけでも違うよ」

「なーるほど」

純一は、うんうんと頷いた。

莉奈のことである。次に行くときにアドバイスしようかなと思ったのだ。

先日、莉奈から電話がかかってきて、

「どうしたらいいか、わからない……」

と、涙声で言われてしまったのだ。

やはりまだ夫婦仲はうまくいってないらしい。

(浮気したんだしな。そんなに簡単には無理だろうな)

だとすれば、せめて少しでも力になってあげたい。

有《あ》り体《てい》に言えば莉奈と結ばれたいけど、やはりまだ旦那に気持ちがあるのなら応援したい。

高宮も川辺に感心している。

「へえ。そうなんすね。いいこと聞いた。俺もお客さんに教えてやろ」

「離婚しそうな客でもいるのか?」

純一が尋ねた。

「柳瀬《やなせ》さんですよ」

「柳瀬? ああ……」

すぐに思い当たった。地主のおばあさんだ。七十過ぎて独り身だが、私鉄沿線駅前の一等地に土地を山ほど持っている。

「あのおばあちゃんか。二年くらい前に旦那さん亡くなっただろ」

「ええ、でも若い恋人がいるんですって。最近、抱いてくれないってこぼしてましたから」

申し訳ないが、ぞっとした。七十過ぎのおばあさんである。若い男を囲《かこ》っているなんて、本当にいるんだなあと思った。

「風水はそんなにバッチリ効くわけじゃないよ」

川辺もさすがに顔を曇らせる。

「わかってますよ。気の持ちようっすよね」

「しかし、柳瀬さんが、そんなプライベートなことまでおまえに言うなんて、色目でも使われてんじゃないのか？」

からかったつもりだった。

「やっぱ、そうなんすかね。柳瀬さんかあ。悪くないかもなあ」

二十五歳の高宮は、まんざらでもなさそうに腕を組んだ。

どうやらストライクゾーンが相当広いらしい。なかなかの強者《つわもの》である。

「でも、困ってる人多いよね。建てるときはさあ、光の入り方や動線とかは提案できても、夫婦の営《いとな》みみたいなことまでは踏み込めないからね」

川辺が鋭いことを言った。

「さすがベテラン」

おだてると、人形焼きをひとつくれた。

「グフフ。でもね、これって近藤さんの受け売りだから。あの人、やっぱすごいよお」

川辺が小声で言う。

ちらりとデスクに座る近藤を見る。いつも通り、厳しい顔だ。

「近藤さんって、やっぱ、すごかったんすか」

純一が訊きたかったことを、高宮が訊いてくれた。

「うん。頑固《がんこ》だからお客さんとよく衝突もしてたけど、いざ近藤さんの言う通り建ててみたら、こっちの方にしてよかったって話、よく聞いたよ」

人形焼きがなくなり、哀しそうな顔をして川辺が言う。

「でも、近藤さん、アフターサービス課も結構気に入ってるみたいだねえ」

「俺も好きっすよ。なんか吹きだまりとか言われてたけど、意外とみんなプロフエッショナルでもくもくと仕事してるし」

それは純一も感じていたことだった。

加えて、メンテナンスは意外にやりがいがあるなあと思っていたところだ。

「それに谷川さん、たまんないじゃないすか。あのミニスカ姿とか」

高宮が下世話な話に戻してきた。

「ふうん。高宮くんって、やっぱり熟女好きなんだ」

川辺が興味なさそうに訊いた。

「普通に美人っすよ。ちょっと変わってるから、あんまり表だっては人気ないけど。仕事もできるし、竣工《しゅんこう》検査なんて鬼ですよ、鬼」

高宮が苦笑しながら言う。

竣工検査は、工事が終わったタイミングで顧客のプランと工事が合っているかをチェックするのだが、希美のチェックはネジ穴位置の数ミリのズレも許してくれないと施工課からクレームが来るほどなのだ。

「なんであんなに仕事熱心なんすかねえ」

高宮が言う。

確かに、コスプレしてまで調べるなんて……まあ趣味もあるんだろうけど……

それでも仕事っぷりは容赦《ようしゃ》ない。

「いつまで油売ってんだ。おまえらの人生設計のメンテなんぞ、サポートしねえからな」

いつの間にか田所課長が背後に立っていたので、慌てて散った。

相変わらず忍者みたいな上司である。

「純一くーん、電話。松野《まつの》さんから」

甘ったるい声で祥子に言われて、デスクの受話器を取る。

「お電話代わりましたっ」

「春日さん、お久しぶりね」

しっとり落ち着いた声で耳元をくすぐられて、純一は身体を熱くさせる。

「えっ、紗栄子《さえこ》さん……ですか」

驚いた。

てっきり施工主の松野真一《しんいち》からの電話だと思っていたのだ。

電話の相手は、その母親の紗栄子だった。

「真一からだと思ったのね。ごめんなさいね、急にお電話しちゃって」

「い、いえ、とんでもありません。あ、あの……どうされました？」

紗栄子の声を聞くだけでドキドキしていた。

というのも、施主の母親の紗栄子はまだ四十代で、しかも和服の似合いそうな物腰の柔らかな美熟女なのである。

松野家は、純一が営業マンだったときに担当として付いたのだが、若い夫婦と旦那の母親という三人の住む家を建てたいという要望だった。

初めての電話で聞いた限りでは、

「子ども夫婦が、旦那の母親の面倒を見るために同居する」

と思っていたのだが、会ってみるとまるで違っていた。

母親の紗栄子は四十三歳という若さで、その子どもである施主の松野真一は二十四歳。その妻の有紀《ゆき》も二十四歳。

面倒を見る、ということではなく完全な二世帯住宅が希望だったのだ。

母親の紗栄子は、

「結婚はもういいんです」

と話しており、病気で亡くなった夫に操《みさお》を立てているようだった。

ということで平屋の右と左で生活を分け、玄関も別々という注文住宅を〈みつともホーム〉で建てたというわけだ。

「あの……申し訳ないんですけど、ご相談したいことがあるの。もしよかったら寄っていただけないかと思って」

紗栄子は、純一がアフターサービス課に異動したことも知っていたようだ。

それで呼ぶということは、建てたばかりの家に何か不具合でも見つかったのかもしれない。

「すぐ行きます。本日はいかがですか？」

「え、今日？　よろしいのかしら、そんないきなり」

「大丈夫です。そろそろ築一年の定期メンテかなと思ってたし。あとでうかがいますよ」

電話を切って、よしっ、と思った。

クレームかもしれないが、それを覆《くつがえ》してチャンスになるかもしれない。

（営業のときは、誰かに押しつけたもんだが……変わったなあ僕も……）

などと思いつつも、本当の理由は美しい未亡人に会えるからなのは言うまでもない。

2

結局、どうしても外せない用が入ってしまい、松野紗栄子宅を訪問するのは夜になってしまった。

紗栄子がそれでもいいから、と言ってくれたのだ。

手土産《てみやげ》を持って、紗栄子宅の玄関に行くと、

「ごめんなさい、ちょっとお待ちください」

とインターフォン越しに言われた。

すぐに玄関のドアが開いたが、姿を見せた紗栄子はなぜか唇の前に人差し指を立てて、

「静かに入ってください」

と耳元でささやいてきた。

（静かに？）

子ども夫婦とは仲が良いはずだから、気兼ねしていることはないと思うが、まあ夜だからなと、音を立てずに玄関に入った。

「ホントにごめんなさいね、急に」

「い、いえ。こちらこそ、こんな遅い時間にすみません」

身体が熱くなるのを止められない。

というのも、半年ぶりに再会した未亡人は、相変わらず四十三歳とは思えない

ほど若々しく、それでいて落ち着いた美人であったからだ。

黒髪をシニヨンでまとめ、おでこを出した髪型がよく似合っていた。

タレ目がちで少し愁《うれ》いを帯びた双眸には、包み込まれるような優しい雰囲気と熟女の色っぽさが同居していて、見つめられるだけでドキドキしてしまう。

「どうぞ、あがってください」

和服の似合いそうな瓜実顔と、しっとり落ち着いた声。

純一はたちまち包み込まれるような、ほわっとした気持ちにさせられる。

「あ、はっ、はい……」

声がうわずった。

いけないと思うのに、後ろ姿に目が吸い寄せられてしまう。

白いブラウスと薄い緑のプリーツスカートが、凜《りん》とした女教師のような佇《たたず》まいを思わせる。

だが、清楚な雰囲気とは裏腹に、腰から下の熟れっぷりはどうだ。

はちきれんばかりに肥大した双臀《そうでん》が、スカート越しにも、むにゅ、むにゅ、と左右交互に揺れる様は、震いつきたくなるほど肉感的だ。

髪をアップにしているから、白いうなじが露わになっている。

四十三歳の未亡人の後ろ姿は、ムンムンとした色香をにじませていて、たまらない。

（相変わらずキレイだ……）

あのときのことが、またよみがえってしまい、ムラムラしながら紗栄子についていく。

「どうぞ」

案内された部屋は紗栄子のリビング兼書斎である。

とてもキレイに片付けられていて、インテリアのセンスもいい。

玄関は一応ふたつあるものの、紗栄子の世帯と息子夫婦世帯を隔てる壁に内扉が設《もう》けられているので、内部で行き来できるタイプの二世帯住宅だ。

というのも、紗栄子と義理の娘にあたる有紀は仲が良く、いわゆる最近流行《はや》りの「友達母娘」であるので、こういうつくりなのだ。

（呼ばれた理由はなんだろ……？　やっぱりどこか不具合が生じたのかなあ）

純一がソファに座ると、紗栄子はお茶を出してくれた。

紗栄子も純一の向かいのソファに座る。

控えめな長さのスカートから伸びたふくらはぎが、すらりとしていて美しい。

膝を合わせて少し横に向けることでスカートの奥を見せないようにしている姿が奥ゆかしい上品さを感じさせるが、それが逆に男のよからぬ欲情をかき立てる。

（なんでこんなに色っぽいんだろう）

優しげで柔和《にゆうわ》な雰囲気で、おっとりした性格。

理知的な顔立ちで上品さがあり、落ち着いた喋り方や、髪をかきあげる仕草だけでドキッとする色香がある。

「まだ使ってくださってるのね、そのネクタイピン」

いつもの作業着ではなくスーツだった純一は、言われてハッとした。

「ええ。とても気に入っていて、大事に使わせてもらっています。奥様……じゃなかった、紗栄子さんからプレゼントしてもらった思い出の品ですし」

「思い出の品なんて言ってもらえてうれしいわ。春日さんがよくしてくださったからよ。それにあのときは久しぶりに若い男の子とデートできたし」

紗栄子が愛想よく微笑んだ。

「こちらこそ、うれしかったです」

身体を熱くする。

というのも以前、

「息子の誕生日プレゼントに、シャツをサプライズであげたいの」

という頼みから、彼女の息子の真一と背格好が同じ純一が駆り出されて、一緒に渋谷《しぶや》のデパートに買い物に行ったことがあったのだ。

「ウフフッ……私みたいなおばさんの買い物に付き合ってくださった上に、うれしかったなんて……よかったわ。それでね、今日お呼びしたのは寝室のことなの」

「寝室？」

「ええ。見ていただけないかしら」

言われて隣の寝室についていく。

（ああ、甘い匂い……紗栄子さんの匂いだ……）

ドアを開けた瞬間に、濃厚で甘ったるい香水と体臭が混じったような、うっとりするほどいい匂いが漂ってきた。

六畳ほどの部屋に、セミダブルのベッド。

寝室というだけでムラムラしてしまうが、これは仕事だと思い直して真面目に質問する。

「どうされました？」

「実はこの壁の防音性を高めてほしくって」

「防音性？」

思いも寄らぬ言葉だった。

紗栄子の息子の真一が、母親の今後のことを考えて、生活音ぐらいは聞こえる程度の仕様にしたいと言い出し、二世帯を隔てる内壁の内部に防音素材を入れなかったのだ。

「やはり生活音が気になりますか」

「え、ええ……工事はそんなに大げさにしなくていいから、息子たちのいない昼間とかに、ささっとできないかしら」

「え？　はあ……」

妙なお願いに、純一は生返事をする。

息子夫婦に知られずに工事したいのか？

それは一体どういうことだと訝しんでいた、そのときだった。

「……あんッ」

わずかだが、女の艶《なま》めかしい声が聞こえたような気がした。

「ん？」

空耳《そらみみ》だろうか。

「つ、続きは、隣の部屋で話しましょうか」

急に紗栄子が慌て始めたので、ますます妙だなと純一が思っていると、

「ああん……いやン……だめっ……」

かすかだが女の喘ぎ声が聞こえてきた。

「あの、紗栄子さん？」

尋ねようとすると、紗栄子は真っ赤になって顔をそむけている。

その表情を見てハッとした。

（隣から聞こえてくるってことは……そうか、息子夫婦の営みの声……）

まだ夜の九時だというのに、ずいぶんお盛んな若夫婦だ。

ガマンしきれず、ついつい早い時間から始めてしまうなんてことは当然ありえることではないか。

設計段階ではあまり細かいことまでは考えなかった。

施工課の「防音材は入れた方がいい」というアドバイスも無視して、安い見積もりをつくったのだ。

（こりゃまた田所課長や近藤さんにどやされるな）

はあ、と心の中でため息をついた。

「……わかったわよね……その……息子たちの声が……」

紗栄子は恥ずかしそうに、うつむきながら言う。

「き、聞こえました。いたたまれないですよね」

言うと、紗栄子は少し考えてから、

「いたたまれないというか、私もまだ女なので……あの、わかるでしょう？　春日さんなら……」

紗栄子が目の下を赤くしながらも、恥ずかしそうに見つめてきた。

（……さ、紗栄子さん、あのときのことを言ってるんだな）

純一も見つめ返してしまう。

3

先ほどのデートの話の続きである。

夕方、渋谷の駅前で紗栄子と別れ、ＪＲに乗ってそのまま家に帰ろうとしたとき、友人から、

「飲んでるから合流しないか」

と、ＬＩＮＥで誘われて東急東横線《とうきゅうとうよこ》に乗った。すると、偶然にもさっき別れたばかりの紗栄子が同じ車両の１ブロック先、真ん中の乗車口付近の手すりのそばに乗っていたのだ。

（珍しいな、紗栄子さんが電車なんて。タクシーで帰るのかと思ってたけど……）

声をかけたいと思ったが、なにせ車内は夕方のラッシュ時だ。

ここから声をかけるわけにもいかないし、人をかき分けていくのも迷惑すぎるだろう。

次の駅で停まったら一度ホームに降りて移動し、声をかけてみよう。さっき別れたばかりだから驚くだろうな。

などと思っていると、紗栄子がスーツ姿のサラリーマンたちに囲まれて、苦しそうなのが見えた。

（しかしキレイだな、紗栄子さん……）

肩までの漆黒のストレートヘア。

タレ目がちで、ちょっと潤んだような双眸。

瓜実顔の正統派美人は、満員電車の中でただならぬフェロモンを醸し出している。

珍しくピンク色に塗《ぬ》った濡れた唇が欲情を誘う。よく見れば目元も少しラメが入り、長い睫毛をくっきりとさせていて、華やかながら上品だった。

さらにモヘアの薄手のニットに、太ももの見えるタイトミニスカートという格好もセクシーだった。

（次の駅まで、長いんだよなあ……）

そんなときだった。

紗栄子の様子がおかしいのに純一は気づいた。

たまにチラッと肩越しに後ろを振り返ったり、きょろきょろしたり、それでいて、また前を向いて、何やらもぞもぞしているのである。

（もしかして……痴漢されてるんじゃないか？）

首を伸ばして見ていると、紗栄子のタイトスカートのお尻のあたりにうごめく不穏な男の手があった。

紗栄子がまた振り返り、男を咎《とが》めるように見た。

だが男は動じないのだろう。紗栄子は諦《あきら》めたのか男に背を向け、うつむき加減で男の手から逃れようと豊満な肉体をよじっている。

（まずいな……助けないと……）

そのときだった。

（え……？）

紗栄子がうつむいて、目を閉じるのが見えた。

そうか、やりすごそうとしているんだな……しかし次の瞬間……。

紗栄子が顔をせり上げて、

「あっ……」

と、ここまで色っぽい声が届きそうなほど、悩ましい仕草でピンクの唇を開いたのが見えた。

（い、今のは……なんだ？　まるで感じたときの表情みたいな……）

目が離せなくなった。

（さ、紗栄子さん……まさか、今……痴漢の指で……）

美しい熟女は恥じらうように、顔をうつむかせている。

ときどき、顔を上げるのだが、その上げたときに見せる熟女の顔には、性的な昂ぶりが浮かんでいた。

（まさか……あの上品な未亡人が痴漢の指で……いや、そんなわけない……）

卑劣《ひれつ》な男の指で悦《よろこ》ぶなんて、ありえない。

だがそう思っても1ブロック先に見える紗栄子の表情は、痴漢されて、うっとりしているようにしか見えない。

（どうして？　どうして抵抗しないんだ……）

男は大きく手のひらを広げ、紗栄子のタイトスカート越しのムチッと張ったヒップを撫でまわしているのが見えた。

痴漢は、

《もうこの女は抵抗しない、たっぷり楽しませてもらう……》

とでもいうように、触り方が大胆になった。熟女の大きな尻の柔らかさと弾力を楽しむようないやらしい手つきだ。

純一はギュッと拳を握る。

助けなければと思うのに、満員電車で動けなかった。

紗栄子は腰を揺すっているが、それは痴漢の手から逃れようとしているのか、それとも感じてしまって揺らしているのかわからない。

そして後ろを見ながら、

《私みたいなおばさんを痴漢して、何が楽しいの？》

という困惑の表情を浮かべている。

（いやいや、紗栄子さんなら、狙われて当然だって）

目鼻立ちの整った瓜実顔に、大きくふくらんだ胸元、タイトミニから覗くムッチリした白い太もも、豊かなヒップ。

そんなスタイル抜群の美熟女が満員電車の中にいるのだ。

イタズラしたくなるのも無理はない。

そして……男の指が、紗栄子のタイトミニスカートの布地をつまんで、そろそろとたくしあげていくのが見えた。

スカートの裾が上がり、紗栄子のムッチリした太ももが目に飛び込んできた。

（なっ……！）

ドキッとした。

さらに男の手が、紗栄子のタイトミニスカートの中に滑り込んで、パンスト越しのヒップや太ももを撫でまわしている。

紗栄子の目の下がねっとりと羞恥《しゅうち》に赤く染まり、こころなしか顔が先ほどよりも上気《じょうき》している。

息づかいは乱れて、時折細い腰を何度もくねらせている。

(痴漢されてるのに……そんな表情を……)

紗栄子はもう抵抗をしていなかった。

それどころか、もっと触ってほしいとばかりに、ヒップを背後の男に向けて突き出しているようにも見える。

(紗栄子さん……どうして……)

上品で凛《りん》としたセレブな熟女である。

そんな気品ある人が、満員電車の中で卑劣な男にイタズラされ、その身を委《ゆだ》ねているのが信じられない。

(未亡人だから……?)

ふっと頭に浮かんだのは、それだ。

旦那を亡くして確か四年と聞いている。

まだ四十三歳。亡き夫には感謝している。再婚なんて考えられないと話していたが、女盛りの肉体はそうもいかないのだろう。

男の手がさらにスカートの奥に潜《もぐ》っていった。

紗栄子は、

と、うわずった声を漏らしそうになるのを、自分の左手で口を塞《ふさ》いでいるように見える。

「あっ……あっ……」

（紗栄子さん……）

電車が駅にすべり込み、停車した。

反対側のドアが開いて数人が降りたが、紗栄子は身動きが取れないのか、降りる気配を見せない。

すぐにまた電車が動き出した。

遠目から見ても、ふたりの淫靡な雰囲気がわかる。男はもう紗栄子が抵抗しないと確信したようで、ますます大胆にスカートの中のヒップを撫で回していた。

紗栄子は恥ずかしいのか、それとも指の動きをもっと楽しみたいのか、ギュッと目を閉じている。

もう顔も真っ赤で、うつむいたまま、時折左手で口元を隠しながら、ビクッ、ビクッと震えて、何かにすがりたいというように困った顔を見せていた。

眉根を寄せて唇を嚙みしめている美熟女の悩ましい顔が、たまらなかった。

そのときだ。

男の手が、大きく動いた。

紗栄子がハッとした顔をして、スカートに侵入している男の手をギュッとつかんだようだ。

（どうしたんだ……？　急に……あッ……！）

スカートの裾がさらにたくし上げられたとき、一瞬、穿いていたパンストとパンティが見えた。

男は素早く紗栄子のパンティを下げると、スカートの裾も下に戻して周囲から隠す。

（なんてヤツだ……電車の中で女性の下着を脱がすなんて……）

紗栄子は耳たぶまで真っ赤にして、顔を伏せて唇を噛みしめている。

（これはもうだめだ。助けないと……）

だが……。

背後からスカートの中に男が手を入れても、紗栄子は逃げる素振《そぶ》りを見せなかった。

（ええっ……？）

男の手の動きから、おそらく指を入れられているのではないかと思った。

（ウソだろ……指まで入れられているのに……）

紗栄子は両手で目の前の手すりにしがみついていた。

タレ目がちな双眸がとろけ、ピンクの唇を半開きにしたままで、ハアッ、ハアッ……と息を荒らげている様子がはっきりわかる。

（男の指でいやらしくまさぐられて……なんて表情を……）

信じられなかった。

だが、間違いない。紗栄子は痴漢されて感じている。

アナウンスが、次の停車駅を告げる。

電車がスピードを緩めたときだ。

紗栄子の顔がふいに突きあがり、口が、

「あっ……」

という形で開いたまま、全身をガクンガクンと揺らしていた。

男の手が、すっと引いていく。

紗栄子はポールにしがみついていたが、電車が停まりそうなのに気づいて慌てて乱れたスカートの裾を直し始めた。

（今……まさか……イッたのか？　紗栄子さん……男の指で……）

そうとしか思えない、悩ましい仕草だった。

見てはいけないものを見てしまったという罪悪感とともに、ズボンの突き上げもひどくなっていた。

パンツの中で先走りの汁がにじんでいる。

スーツのズボンにシミをつくらないかと心配していると、電車が駅に着いてドアが開いた。

今度は結構な客が降りていく。紗栄子も少しよろけながらホームに降りようとしていた。

純一もホームに降り立ったとき、紗栄子と目が合ってしまった。

(ここで話さないのは不自然だよな)

純一はぎこちない笑みを見せながら、距離を詰めた。

紗栄子の表情は、昼間のデートのときと同じように朗《ほが》らかに戻っている。

「あら、春日さん……どうして……」

「家に帰ろうとしたんですけど、友達から飲みに来ないかって誘われて、こっちの電車に乗ったんです。まさか紗栄子さんと一緒だなんて、今気づきました」

見ていないと言ったつもりだが、紗栄子はどう思っただろうか。

4

「私もまだ女なので……あの、わかるでしょう？　春日さんなら……」

紗栄子が恥ずかしそうに見つめてきていた。

「僕ならわかるって……さ、紗栄子さん……僕があの電車の中で見ていたこと知ってたんですね。紗栄子さんが痴漢されて気持ちよさそうに……」

「いやっ、それ以上言わないで」

紗栄子がイヤイヤして、泣きそうな顔で唇をキュッと噛んだ。

恥ずかしいのだろう。

目の下は赤らんでいて、プリーツスカートの中の脚をもじもじとさせている。

（なんでこのタイミングで恥ずかしい告白を……まさか？）

紗栄子の言葉には、女の情欲があふれていた。

そして純一に同意を求めている。

（い、いいのか……いや、紗栄子さんは求めているんだ。女性にこれ以上恥をかかせてはいけない）

思い切って、紗栄子の肩をつかんだ。

「あっ……」
わずかに紗栄子が吐息を漏らし、身体を強張らせる。
だが、次の瞬間……彼女の方から、その身を委《ゆだ》ねてきた。
(ああ、まさか……こんな上品でセレブな美熟女を抱けるなんてっ)
抱きしめながら、白いブラウス越しに胸のふくらみを揉みしだいた。
(うわっ……重いっ)
意外なほどずっしりとした量感だった。
たわわなふくらみのしなりを、ブラジャー越しにも感じる。
「ううんっ……」
紗栄子の悩ましい声を聞きながら、さらに胸を揉みしだく。
強く握ったからか、それとも指が布越しに敏感な部分に当たったのか、
「はンッ……」
と彼女は顔を上げて、それを恥じらうように、またうつむく。
(反応が少女みたいだ……可愛いじゃないか……)
もっと恥じらう顔を見たいと、急いでブラウスのボタンを外していく。
胸元がはだけ、ココア色のブラジャーに包まれたふくらみが露わになる。

大きなブラカップをずらすと、柔らかそうな重たげなふくらみが、ぶるんとうなるようにまろみ出る。

(大きいっ……それになんてエロいおっぱいなんだ……)

少し垂れ気味で、くすんだ深い赤色の乳輪がかなり大きかった。

興奮しながら、セミダブルのベッドに押し倒そうとした。

だが紗栄子は、

「お願い……立ったままでシテ……」

「えっ」

恥ずかしそうに言って、顔を伏せる。

(立ったまま……そうか……あのときの続きか……)

やはり電車でイタズラされたとき、かなり感じたのだろう。

純一は、紗栄子を立たせたまま、背後から乳房をつかむ。

(なんて柔らかいんだ……)

指をわずかに食い込ませると、それだけで乳房はいびつに形を変えていく。

彩也子や莉奈よりも、おっぱいが、「ふにっ」としている。

揉みながら、純一の指が乳首をかすめる。

「んくっ……」

紗栄子の裸体が、ピクッと震えた。

(えっ、これだけで？　かなり感度がいいんだな……)

感じるならと指で突起をつまんで、くにくにと転がすと、

「あっ……あああああっ」

しどけない声を漏らした紗栄子が、顎《あご》をせり上げる。

目を細め、つらそうにしている顔は、あのとき……電車の中でイタズラされて悶《もだ》えているときと同じだった。

(た、たまらない……紗栄子さんって、こんないやらしい顔をするんだ)

息子夫婦を優しげに見守る、いいお母さんだった。

だが今、おっぱいをいじられて身悶《みもだ》える様子は、ムンムンと色香を放つ美しいひとりの女だった。

「あっ……くううっ……」

紗栄子は、いっそうせり出してきた乳首を捏《こ》ねたりすると、ビクン、ビクンと痙攣を始めて肩越しに切なげな目を向けてくる。

「あんッ……いいわ……気持ちいいっ……」

腰が揺れていた。

欲しいんだなと思い、壁に両手を突かせてヒップをこちらに向けさせる。

あの電車の中で、手すりをつかんでいたときの格好だ。

そうしてプリーツスカートの薄い布地を大きくまくり上げて、熟女の臀部《でんぶ》を丸出しにさせる。

「あっ……いやっ……」

うなじが桜色に染まるほど、紗栄子は羞恥でつらそうな横顔を見せて、手でスカートを下ろそうとする。

「だめですよ、両手は突いたままです」

純一は興奮気味に言い、紗栄子を背後から抱きしめる。

そうして襟元からブラウスを引き下ろして、背中を露わにさせ、ブラジャーのホックを外してブラを足下に落とした。

さらに、ナチュラルカラーのパンティストッキングと、ココア色のパンティをつかんで丸めながら引き下ろして、太ももにからませた。

「あああ……」

両手を壁に突いたまま、熟女がもじもじと震えて、うなだれた。

（熟女の身体ってエロいな……）

思わず見とれてしまった。

なで肩や腰のくびれは、女らしい細さだ。

なのに、肩にも背中にも柔らかそうな脂肪が乗って、四十三歳の熟れに熟れたボディラインをつくっている。

特に圧巻は、太ももからヒップへの充実度だ。

無防備にさらされたヒップは、小さなパンティでは隠しきれないだろう、たっぷりした量感で、両手で抱きかかえられないのではないかと錯覚してしまうほどすさまじい迫力で、思わず身震いしてしまう。

しかもだ。

下着を下ろされ、服が乱れて、それでいて両手を壁に突いているということの格好が、まるで犯されているようで男の欲情をさらにかき立てる。

「いやらしいですよ。痴漢されて当然だ。こんな身体なら……」

背後から抱きしめて耳元でささやくと、

「いやっ……おっしゃらないで……春日さんっ……そんなことありません。こんな歳だし」

イヤイヤと美貌を横に振るも、両手は壁に突いたまま。

やはりこの未亡人はいい。

男が悦ぶ仕草を知っている。

「そんなことありませんよ。体型には気を使ってらっしゃるんでしょう。お尻やおっぱいに張りがあるし、肌もキレイだ。無理矢理犯したくなる」

「あんっ……春日さん……そんな……いやっ……」

いやがる素振りを見せても、身体は正直だった。

熟女のヒップはいやらしくくねり、肩越しに見せる表情には何かを期待しているような欲情をはらんでいる。

純一はその表情に興奮し、背後から太ももやヒップを撫でる。

「ああっ……」

か細い悲鳴をあげて、紗栄子は太ももをギュッと閉じ、手の侵入を拒《こば》んだ。

だったらと、丸まっていたパンストとパンティをひとまとめにして、足首まで剝き下ろして抜き取った。

少しヘンタイじみたまねをしてみようと、パンティを鼻先に近づけた。

ツンとした生々しい匂いがする。

「か、嗅がないでっ……なさらないでっ！」

紗栄子が真っ赤な顔で非難してくる。

「だめです。手を突いたままですよ。それにそんな悲鳴を上げたら、隣の息子さん夫婦に逆に聞こえてしまいますよ」

熟女はハッとしたような顔をして、うつむいた。

スカートはめくったまま、腰に巻き付けた。

これで紗栄子は自分で手を動かさない限り、無防備なヒップと女の恥部がさらけ出したままだ。

純一は背後から、尻割れの奥に指を差し入れた。

「あっ……」

紗栄子がのけぞり腰を震わせる。

指が恥部に触れる。湿ったような感触があって、

「いやっ……」

紗栄子が尻を引っ込めようとしたので、その腰を持って突き出させてから、もう一度ワレ目に触れる。

「あううっ……」

紗栄子が首を横に振る。

だが恥ずかしくても感じるのだろう。温かな蜜があふれてきて、指をぬるぬると濡らした。

「あ、あんっ……そこ、だ、だめっ……」

紗栄子が、今にも泣き出しそうな顔で振り向いてきた。

（すごく濡れてる……それを見られたくないんだな）

まだ愛撫して間もないのに、あそこをしっかり濡らしている。

その恥じらいがいい。熟女でも、少女のようにこうして女の慎《つつし》みを見せてくれるのだからたまらない。

（ようし、だったら……）

もっと恥ずかしがらせたいと、純一は床にひざまずき、紗栄子の開いた両脚の間に潜《もぐ》り込《こ》んだ。

そうしてくるりと仰向けになって上を向き、紗栄子の太ももをかかえ込むような格好で、真下から剝き出しの恥部に顔を近づけた。

「えっ！　か、春日さんっ……ああんっ……だめっ……こんなのだめですっ」

股ぐらに男の顔があるのだ。

どれほどまでに紗栄子は恥ずかしいか、その壁に突いた両手が、ぶるぶると震えている様子でよくわかる。

しかし、すごい光景だった。

みっしりと生えそろった草むらの奥に女の唇がある。

(おお……熟女おまんこはいやらしいな……色素がくすんでいて……ちょっと使い込んだ感じも……清楚な紗栄子さんでさえ、アソコはエロいんだな)

ぷっくりとした肉の土手の中心部に蘇芳《すおう》色のワレ目があった。

中は赤くなっていて、幾重《いくえ》にも咲くピンクの媚肉《びにく》が物欲しそうに蠢《うごめ》き、透明な蜜でぬらぬらと照り輝いている。

「紗栄子さんのおまんこ、ヌメッていてキレイに輝いてます」

「いやっ……だめっ……んっ、んうう ッ」

磯っぽい匂いに誘われるように、紗栄子の太ももを押さえつけて、女の亀裂を舐め上げると、甘ったるい声が紗栄子の口元からこぼれた。

(ツンとする味だ……匂いも強いし……でも、すごく興奮するっ)

熟女のマン汁は強烈な味だった。

だが、その味がいい。純一は夢中になって紗栄子の恥部をねろねろと舐めた。

媚肉をまるで柔らかくほぐすように、丹念に舐めていけば、

「あんっ……それ、だめですっ……やっ、ンッ、んっ……！」

と、悶え声を放つ。

たまらなかった。さらに膣奥に舌を伸ばしていくと、

「あう……ッ！　ああん……舌が……春日さんの舌が、んふっ……な、中までっ……いやん、そんな奥……はああんっ」

と、腰を震わせて、淫らな泣き顔を披露《ひろう》する。

(感じてるぞ、もっとだ……)

内部をねろねろと舐める。

すると、奥から蜜がとろとろとあふれてきた。

「ああ……はああ……はあああ……」

紗栄子が目を細めてハアハアと喘ぎまくっている。

汗ばんだ匂いが強くなってきた。熟女の首元に汗が垂れ、桜色に上気した瓜実顔は汗まみれだ。

おっぱいも、汗粒がツゥーッと垂れるほどしっとりしている。

乳頭部はもうピンピンだった。

ぬぷぬぷと舌を膣口に押し込み、引き出した。

甘酸っぱい匂いが強くなってくる。

さらに上部の小さな豆も、舌をすぼめてつつくと、

「ひゃあっ……それだめですっ……ゆ、許して……こんな、おばさんをだめにしないでっ……お願い……ああんっ……」

もう乱れきっていて、声を抑えることもできないようだ。

「おばさんなんて……紗栄子さん、身体中、どこもキレイです。おまんこも……甘くてとろとろで香りもいい」

「ひいっ……言わないでっ……ひぅぅっ」

紗栄子が舌の動きに合わせて、腰を揺すってくる。

物欲しそうなその腰の生々しい動きが、女の欲望を感じさせる。

「はあっ……！　ああんっ……ダメッ……ああっ……も、もう」

イヤイヤするものの、身体は欲しがっているのか、ムッチリした太ももが痙攣を始め、純一の頭を強く挟み込んできた。

（うぷっ……くうう、こっちも限界だ……）

ペニスはいきり勃《た》って、どうしようもなくなってきた。

純一は紗栄子の股から抜け出し、慌ててシャツとズボン、そしてパンツも下ろしてTシャツ一枚になる。

再び、紗栄子の両手を壁に突かせて腰を後ろに突き出させる。

濡れ光る秘裂に、切っ先を押しつけてバックから入れようとしたそのとき、こんこん、とドアがノックされて、ふたりは息を呑んだ。

5

「お義母《かあ》さま、すみません……夜分遅くに……」

おそらく、紗栄子の義理の娘、有紀の声だろう。

ふたりはハッとして顔を見合わせる。

（き、聞こえたんだ……エッチな声……きっと……）

純一は慌てて下着とズボンを穿《は》く。

「な、何かしら、有紀さん。どうしたの？」

紗栄子も髪を直して、服を身につける。

「あの……入っても、いいですか？」

ドアの外から声が聞こえた。

「僕……クローゼットに隠れましょうか」

小声で言うと、

「ううん、いいわ……へんに隠すとバレたとき大変。少し直したいところがあって、こんな時間にお願いしたと正直に言いましょう。ただし内容は、クローゼットの扉がきしむとか、なんでもいいわ」

「あ、はい」

さすがに紗栄子は落ち着いていて、段取りも教えてくれた。

紗栄子がドアを開けると、有紀が入ってきた。

(有紀さんも、可愛いんだよなあ)

少し茶色がかったショートヘアに、くりっとした大きくて三日月の双眸。睫毛が長くて濡れたような瞳が、二十四歳の若妻のそこはかとない色っぽさを醸し出している。

有紀は白いパジャマ姿だった。可愛い容姿によく似合っている。

「春日さんに来てもらっていたのよ。ちょっと家の中で、直したいところがあって」

「そう……だったんですね。すみません、こんなに遅くに……あの……声が聞こえて……ちなみにどこを直すんですか」

訊いてきたので、クローゼットと答える。

そして続けて、

「すみません、こんな失礼な時間にお邪魔してしまって。ご迷惑でなければ真一さんにもご挨拶《あいさつ》して帰りますので」

「え？　いえ、夫はまだ帰ってきてないので」

「……は？」

思わず、紗栄子と顔を見合わせてしまった。

（それじゃあ、さっき聞こえた有紀さんの声は……？）

あれは間違いなく、閨《ねや》での女性の声だ。おかしい。

有紀は何か考えているようだった。

そして、キュッと唇を引き結んでから、切り出してきた。

「あ、あの……もしかして、聞こえたんじゃないですか？　それで、お義母さま、春日さんを呼んで防音の相談とか……」

ショートヘアの可愛い若妻が、目の下を赤らめて告白する。

大正解だ。

紗栄子とふたりで驚いてしまった。

「実は……そうよ。昼間はいいんだけど、夜になると、たまに、その……声が聞こえてきて……夫婦仲がいいから私はうれしいのよ、だけど……」

「仲はいいんです。でも……あの……」

そこまで喋ってから、有紀はちらりと純一を見てハアッとため息をついた。

「もう聞こえたんですよね？　だったら言います。あれは……そういう動画の声なんです」

「え？」

「は？」

紗栄子とふたりでまた、同時に驚いた。

「あの……真一さん、ここのところ……その……うまく勃たなくて……お医者さんに行ったら精神的なものじゃないかって。少ししたら治ると言われてホッとしてたんですけど……でも、その……私……」

そこまで話して、有紀がうつむいた。

ああ、と合点《がてん》した。

彩也子もそうだった。莉奈もそうだ。

人妻が、夫に放っておかれるのはだめなのだ。ため込んだものを夜な夜な吐き出したくなるのは、当然のことだ。

「本当は、ヘッドホンとかするべきなんでしょうけど……私、ヘッドホンがどうしてもダメで……小さい音量にしていても、その……夢中になると、ついつい音を大きくしてしまうんです」

有紀は消え入りそうな声で言った。

「そうだったの……ごめんなさいね、つらかったわね」

紗栄子が有紀を抱きしめて、頭を撫でた。

それにしてもだ。防音というものが、こんなに大事だとは。

友達のように仲の良い母娘であっても、言えない秘密はあるのだ。

「すみませんでした。僕が、防音をしなかったばかりに」

純一は深く頭を下げた。

住む人のことを考えずに、ただ施主の要望だけを訊いていた。本当に最悪だと、今さらながらに後悔してしまう。

「いいのよ、頭を上げて。私たちが頼んだことですもの」

紗栄子は優しい言葉をかけてくれた。

「ねえ、でも春日さん……別のお願いがあるのよ。いいかしら」

「は、はい」

「私だけじゃなく、有紀さんも可愛がってほしいの」

6

言葉が一瞬出なかった。

「ええっ！ はっ、あ、あの……」

「お義母さま、そんな……」

有紀も驚いたように目を剝いた。

「私が春日さんをお呼びして……お誘いしてしまったの。有紀さん、春日さんのこと、明るくて親切で好感が持てるって言ってたわよね、どうかしら？」

頭を撫でながら紗栄子が訊く。

同意するはずないと思っていた。

しかし、予想に反して有紀が小さく頷いたので、純一は卒倒した。

（は？ い、いいの？ つまり3Pだよ……）

とんでもない展開に狼狽《うろた》えていると、紗栄子がねっとりとした目を向けてきた。

「お願いできないかしら、春日さん……あの、私はもうおばさんだし、魅力がないから申し訳ないと思っていたの。でも有紀さんは、まだ若いし、可愛いでしょう？」

「で、でも、よろしいんですか？」

実の息子を裏切る行為だ。

それを母親がそそのかすなんて、道徳的にどうなのか。

しかし、

「いいのよ。女がひとりにされるのは寂しいって、私には痛いほどわかります。それに春日さんを信頼しているわ。私たちのアフターケアもしてほしいの」

有紀も頷いた。確かに可愛い。

「ねえ、春日さん。ベッドにいって」

紗栄子の言葉に、純一は唾をごくんと呑み込んだ。

「ホ、ホントに……？」

「いいのよ」

そこまで言われて……と、純一はベッドに上がった。

もうどうにでもなれ、という心境だ。

「ウフフ。今度は私に責めさせてね」

紗栄子がベッドに上がって、先ほど慌てて着たニットとスカート、そして下着も脱ぎ始める。

一方の義理の娘の有紀もベッドには上がったものの、パジャマを脱ぐことに躊躇していた。当然だろう。いきなり3Pをすることになったのだ。

(それでも、僕でいいんだよな……)

見ていると、おずおずとだが、有紀もパジャマのボタンを外し始めた。

(うおっ……ノ、ノーブラっ)

パジャマのあわいから透き通るような、白いふくらみが見えた。

紗栄子に負けず劣らず肌が白い。

それに、かなり細身のようだ。

(両手に花って、このことだな)

髪をアップにして、しっとりと上品な微笑みを見せる美熟女は、四十三歳の熟れに熟れたムッチリボディが魅力的だ。

一方で、二十四歳の若妻は、健康的なピチピチした官能美と、熟れ始めた大人の色気を同居させていて、まだ青くて初々《ういうい》しい感じだ。

（年齢も雰囲気も身体つきも、全然違うけど、どっちもいい……て、天国だ）

紗栄子がいよいよ生まれたままの姿になる。

しかし、有紀はまだ前のボタンを開けただけで、その先に進めないようだ。

「ウフフ。恥ずかしいのね。そうよねえ」

紗栄子が言いながら、有紀の背後に回り込んで、パジャマを脱がせにかかる。

「ああ、お義母さま……ッ」

有紀は抵抗するも、するりとパジャマの上を剝《む》かれて、下も脱がされていく。

（おお……目の保養だっ）

ムッチリした巨乳の美熟女が、小柄な若妻の服を脱がしていくだけでエロティックだった。

「あっ、お義母さまっ……」

「恥ずかしがらないで。有紀さんも……ねえ、つらかったのよね」

紗栄子は有紀を仰向けにさせると、パジャマの下と、白いパンティも爪先から抜き取って同じように全裸にした。

ふたりの美人母娘が、フルヌードで同じベッドにいるというだけで、勃起がギンギンになる。

「ウフフ。有紀さんも、早く恥じらいを捨ててね」

紗栄子はいやらしい笑みを浮かべつつ、有紀のバックに回って嫁の両脚を左右に大きく広げていく。純一はもう心臓が止まりそうなほど興奮した。

「い、いやっ……いやですっ、お義母さまっ」

背後から両脚を持たれ、恥ずかしいM字開脚を強いられた若妻が、イヤイヤと首を振りたくる。

しかし、いやがっていても身体は正直だった。

開いたスリットからは、ピンク色の剝《む》き身《み》のような媚肉が息づいて、だらだらとヨダレのような愛液を噴きこぼしている。

たわわなバストのピンクの乳首も、見ただけでピンピンに尖《とが》りきっているのがはっきりわかる。いやと言いつつ、興奮しているのだ。

「少し乱暴にするわね、さあ……春日さん、お願い」

紗栄子はそう言いつつ、しっかりと若妻の脚を押さえつけた。

「あっ……いやっ……あんっ！」

有紀が足をバタつかせる。

その光景にますます純一は昂ぶり、再び服を脱いで全裸になり、若妻に覆い被さっていく。

「ぼ、僕ですみませんっ」

そっと右手でワレ目をねぶれば、ぴちゃ、ぴちゃと音がして、獣じみた発情した匂いが漂ってくる。

「すごい……もうこんなに濡れてる……」

「い、いやっ！　春日さんっ、お義母さまっ……やめてっ！」

ふたりがかりでまるでレイプされているような若妻は、M字開脚したまま、腰を震わせて身をくねらせる。

(すごいな……濡れっぷりは紗栄子さん以上だ)

指でまさぐり、姫口に触れた指に力を込めると、ぬるんっと滑って若妻の体内に埋没する。

「あ、あんっ」

有紀は大きくのけぞり、同時に媚肉が驚いたようにギュッと指を締めてくる。

その湿り気の分量と締めつけの強さを楽しみつつ、指を出し入れすれば、

「あああっ、だ、だめぇ……はあああッ」

有紀はいやだと叫びつつ、ぴくっ、ぴくっ、と震え、眉根を寄せた切なげな表情を見せてくる。

(あまり経験はないみたいだけど、すごく敏感なんだな)

紗栄子の熟れた肉体もいいが、有紀の若い肉体もたまらなかった。

夢中になって媚肉を指でいじりつつ、揺れるおっぱいに吸いつき、さらには舌で舐め上げた。

「くうう……いやっ……あっ、あっ……」

若妻は早くも腰をくねらせはじめる。

蜜壺《みつつぼ》からは愛液がしとどにあふれ、全身からは甘酸っぱい汗と、柑橘《かんきつ》系の肌の香りが強く漂ってくる。

さらにねちっこく蜜壺を指で穿《うが》ちつつ、同時に乳首をチュッ、チュッと吸いあげれば、

「あああっ……いやっ、ああっ、だめっ……ああっ!」

二カ所を同時に責められたのがよかったのか、有紀は眉をたわめて、泣きそうな顔になり、腰をガクン、ガクンとうねらせる。

同時に膣口の浅い部分が、純一の指を痛いくらいに締めつけてきた。

（イ、イッてる……）

顔を見れば、若妻はもうとろけきって、ハアハアと熱い息をこぼしていた。

「ウフ……気をやったのね、有紀さん」

紗栄子が押さえつけていた手を離して訊くと、可愛い若妻は身体を丸めて隠しながら小さく頷いた。

「気持ちよかったです……春日さん」

「そうね。なら、殿方にもご奉仕をしないといけないわね」

ふたりの目線が、純一の肉棒をとらえていた。

（えっ、うわ……）

ふたりに押し倒されて抱きつかれた。

（うおおお！　何これ……）

ショートヘアの若妻が、じゃれつくように首に抱きついてきて、純一の首筋から腋窩《えきか》から乳首から、すべてに舌を這わせてきた。

一方、熟女の方は純一の脚の間に入り、四《よ》つん這《ば》いになって亀頭部に舌を這わせてくる。

やがて、有紀の舌も次第に下に向かって這っていき、ふたりの舌がひとつのイチモツをねろねろと舐め始める。

義理の関係ではあるものの、こんな美人の母娘が一本の男根を奪い合うようにして、ふたりでフェラチオをしている。

こんな現実離れしたことがあっていいのか。

あまりの気持ちよさに、純一はうっとり目を細めて腰をヒクヒクさせていた。

「んっ、んんっ、んぐっ、んじゅぷ……」

紗栄子はくぐもった声を漏らしつつ頭を打ち振って、唇をさかんに滑らせながら、純一の様子をうかがうように見上げてくる。

「ウフフ。すごく気持ちよさそうな顔して……」

美熟女は先ほどのお返しとばかりに、裏筋を舐めたり、睾丸《こうがん》を袋ごとあめ玉のようにしゃぶったりして純一を責め立てる。

その横にしゃがむ有紀も、絶頂を味わったばかりの汗まみれの肉体で、純一の脚に抱きつきながら、くりっとした目を細めて見上げてくる。

「ごめんなさい、春日さん……今日だけは、私をもっと辱《はずかし》めてね、このオチンチンで」

次の瞬間、有紀のぷるんとした唇が、先端を咥え込んできた。

生温かな口に包まれ、口唇の動きで竿をシゴかれる。

「くっ！　ああ……」

(初々しい舌の動きが、たまんない……)

早くも、もう出そうなほど気持ちよくなってくる。

「ウフフ……春日さん、可愛いわ。うっとりして……ねえ、有紀さん、今度は私にもおしゃぶりさせて」

ちゅぷっ、とチンポから口を離した有紀と交替し、今度は紗栄子が舌を伸ばしてくる。

「有紀さんの唾の味がするわ」

「やん、お義母さま……いじめないでっ」

ふたりクスクス笑いながら、また懸命に奉仕を続けてくる。

(あれれ、ふたりとも奉仕好きで、それにこんなにエロくて仲が良いなら……もう防音材なんて入れなくていいんじゃないか？)

そんなことを考えていたら、紗栄子の舌が、敏感な尿道口をチロチロと舐めてきた。

「あ、ああ……ッ！」

腰がひくつき、目の奥がチカチカする。

「気持ちいいっ……おああ！」

咥えられた。やはりフェラは紗栄子の方がうまい。

（美人母娘のフェラを比べられるなんて……て、天国だ……）

目を閉じたくなるくらい、気持ちいい。

「た、たまらないです……もうチンポがとろけそう……ぐううッ」

尿道に熱いモノが溜まってきて、純一はたまらず呻き声をあげる。

紗栄子はイチモツからいったん口を離し、

「出そうなのかしら？」

と、上目遣いに訊いてくる。

「は、はいっ……もう、だめっ……」

素直に言うと、熟女のうっとりした双眸がイタズラっぽく輝いた。

「ねえ、有紀さん、もう欲しいわよね」

「は、はい……」

紗栄子が有紀に耳元でささやく。

有紀は「えっ」と驚くものの、やはり義母には従順で、恥ずかしそうにしながらも、こちらに尻を向けて四つん這いになった。

紗栄子も横に並んで腰を突き出してくる。

純一の息はつまった。

紗栄子は大きな尻のやや下部に、熟れたおまんこがぱっくりと口を開けて、純一を誘ってくる。

一方、隣の有紀は、ぷりんとした桃尻を震わせている。同じように深い尻割れからはいやらしい愛液が糸を引くように垂れていた。

（こ、これはすごいっ……）

ふたつ並んだ丸いヒップに胸がときめく。

大きさで言えば紗栄子だが、有紀の真っ白くて小気味よく盛り上がったヒップも美味しそうだ。

「ああ……すごい。紗栄子さんと有紀さん、おまんこが開ききって……お尻の穴も丸見えですよ」

興奮気味に言うと、

「あんっ……恥ずかしい」

と、有紀はヒップの中心を手で隠してしまう。

隣の紗栄子はヒップを、くなっ、くなっ、と揺すっておねだりする。

どっちが先かと迷った。

そして、紗栄子がそれを察したのか、肩越しに見つめてきて、

「春日さん、私はあとでていいわ」

「え……先に私……？」

有紀は戸惑いつつも、腰がくねっていた。

（美人の母娘丼……もう二度とないだろうな）

純一は興奮しながら、有紀のぬかるみの中心に切っ先を押しつけて、ゆっくりと押し込んでいく。

「あ、あああ……ッ」

有紀が四つん這いのまま美しい背中をぐんとのけぞらせる。

（おおうっ……）

かなりキツい膣道だ。そしてさらに分身を包み込んでくる。

かなりの嵌入感《かんにゅうかん》を楽しみつつ、純一は有紀の腰をつかみ、ぐいぐいと腰を使ってストロークする。

「あんっ……ああんっ、あああッ」

美貌を真っ赤に染め、有紀が何度も甘ったるい声を漏らす。

「ウフフ、有紀さん……すごく気持ちよさそうね」

隣の紗栄子が、うらやましそうに目を細める。

「ああん、お義母さま、見ないでっ……あぁんっ……」

義母に感じた顔を見られているのが、かなり恥ずかしいのだろう。

有紀は顔を赤らめて唇を噛みしめる。

だがそんな表情とは裏腹に、有紀は自ら腰を大きくグラインドさせて、ヒップを「もっともっと」とばかりに押しつけてくる。

根元からペニスが揺さぶられて、快感が押し寄せてくる。

「くうう……ゆ、有紀さんっ」

快楽に負けじと、純一は激しく腰を使ってバックから打ち込んでいく。

「ぁああ……あっンッ……いい、いいわ！　ああんっ……た、たまらない……春日さんっ、だめぇぇ！」

切迫した声が紗栄子の寝室に響く。

「ああ……イッて……イッてくださいっ」

甘い痺れを必死にガマンしつつ、立て続けに打ち込むと、

「ああん、イクッ……春日さんっ……あああっ！」

有紀は生々しい悲鳴を上げて、顔を跳ね上げた。膣肉がキュッと締めつけてくるのをこらえて、すぐにぐったりした若妻からずるりと肉棒を抜いた。

屹立《きつりつ》が有紀の蜜でぬるぬるしている。

そのぐしょぐしょになった怒張《どちょう》を握りしめ、今度は横にいた紗栄子に後ろから押し入って、打ち込んでいく。

「あぅぅ……！　だ、だめっ……」

紗栄子が身悶える。

その様子を、横でぐったりしていた有紀が見つめている。

「ああん、見ないで……有紀さん……」

「だめですっ……お義母さま……感じた顔が可愛いわ……ごめんなさい。私、お義母さまの寂しさを知らなくて」

「ああ……ううっ……い、いいのよ……私こそ、ごめんなさい。息子がそんなことになっていたなんて……」

ふたりはお互い微笑み、そして、有紀が差し出した手を紗栄子がギュッと握りしめる。

（二世帯住宅か……）

幸か不幸か、ふたりの間にあった壁が外れたような気がした。

（一番得したのは、僕だけど……）

腰を紗栄子の熟れ尻にぶつけると、丸い尻たぼが、ぶわん、ぶわんとリズミカルに弾いてくる。

尻肉の弾力をたっぷり楽しみつつ、打ち込んだ。

「ああ……か、春日さん……アフターメンテナンス、最高よっ」

肩越しに紗栄子は振り向き、愉悦《ゆえつ》の表情を見せてくる。

純一はスパートした。

女体を揺さぶるほど叩き込むと、やがて、今までにない至福が訪れて、紗栄子の中に大量にしぶかせるのだった。

第四章　ベランダからギャル妻

1

「は？　またリフォームを受注した？」

いつも不機嫌そうな田所課長が、素《す》っ頓狂《とんきよう》な声をあげた。

「今度はどういうことだ」

訝しげに訊いてくる田所に、純一は松野家が二世帯住宅をやめて、母親と息子夫婦が別々に住みたいという要望があったことを伝えた。

「どうして？　松野さんたち、新居をあんなに気に入ってたのに」

横にいた希美が、不思議そうに訊いてくる。

ちなみに今日の格好は、カチッとしたパンツスーツに、肩にかけたカーディガンだ。セレブな人妻ってところだろうか。

「いえ、逆です。さらに仲良しになったから、別居したんです」

「は？」

希美と田所課長が顔を見合わせた。

（まあ、そんな顔するよなあ……）

紗栄子と息子夫婦できちんと話し合った結果、どうやら旦那の真一がＥＤっぽくなったのは、二世帯住宅にしてからだったことがわかった。

同居することを望んだのは真一だったらしいが、それでも頭の隅では、

「セックスのときの声が、母親に聞こえてるんじゃないか」

と気になりだして、萎《な》えてしまっていたそうだ。

真一はそれほどまでに神経質な性格で、しかもそれを打ち明けたら母に悪いと思って言い出せなかったらしい。それがストレスになりＥＤの症状が進行。ついには妻を抱けなくなってしまったというのである。

というわけで紗栄子は別のマンションに引っ越し、息子夫婦は二世帯住宅をリフォームして普通の一戸建てにしようというのだが、紗栄子を追い出す形にしたわけではない。

今までは、紗栄子は紗栄子で、もっと女を謳歌したいと目覚めて、婚活を始めたのだ。

「結婚や男なんて、もういい」

と、亡き夫への操を立てていたのだが、純一に抱かれたことで再び性に目覚めて、再婚にも意欲が湧いてきたとのことだった。

(やり方は褒められたもんじゃないけど……でも、よかった)

営業のときは、なんでもいいから家を売ることしか考えていなかった。

だが、当たり前のことだが「家を建てる」というのは、施主にとっては人生の一大イベントなわけで、真剣に顧客に向き合うべきだと、このアフターサービス課に来てようやくわかったのだ。

デスクに戻ると、課長代理の近藤に呼ばれた。

「時間はあるか?」

「ええ、午後に一件入ってますが」

「なら一緒に来い。浴室乾燥をつけたいから、見積もりと工期を出してほしいって顧客がいるんだ」

近藤は立ちあがり、作業着の襟を立てる。

「どうして近藤さんがリフォームをやるんですか」

尋ねると、近藤はフンと鼻で笑った。

「誰かさんが次々リフォーム案件持ってくるから、手が足りないんだとよ。軽微なリフォームだったら誰でもやれるけど、偏屈《へんくつ》だが金を持ってる爺さんだ。会社としては、もっとでかいリフォームにしたいんだろう。だから、俺が行けと言われた」

近藤は一級建築士だから、確かにどんな要望にでも対応できるだろう。

だが……。

「でも、どうして僕も一緒に？」

「最近、顧客とうまくやってるんだろう。相手はわがままな爺さんだ。お手並み拝見だな」

そう言って近藤は静かに笑った。

（たしかにうまくヤッてるけど、その相手は人妻ばっかりなんだけどな……）

いやいや、そういう意味ではないはずだ。

少しは成長したと思ってくれたのか、それとも、課の戦力としてその実力を見ておきたいと思ったのか。

いずれにせよ、まあいつも通りにしかできないなと、純一は社用車の鍵を持って近藤とともに駐車場に向かう。

社用車の中で、純一は運転しながら助手席の近藤に尋ねた。

「近藤さん、施工課に戻りたいと思いますか?」

窓の外を流れる街並を見ていた近藤は、

「ああ?」

と、不機嫌な声をあげる。

「当然だろう。俺は建築士だぞ。家を建ててなんぼだ。それでここまでやってきたんだからな」

吐き捨てるように言ってから、

「だけどな、住んでからの人間を見るのも悪くねえなって思ってな。いい家を建てるってことは簡単じゃない。家は建てて終わりじゃねえからな」

近藤がこちらを見てきた。

赤信号でクルマを停め、純一も近藤を見る。

「僕も同じ気持ちです。営業に戻りたいって思ってましたけど、ここも悪くないかなって。出世はできないだろうけど」

近藤はフンと鼻で笑い、また窓の外に目を向けた。

「いっちょ前に。てめえが営業のときに適当に売った物件は、まだ山ほどあるんだぜ。死ぬほど物件回るからな」

「はい」

少しは認めてくれたのか？

助手席のドア窓に映る近藤の顔が、少し和《やわ》らいだように見えたのは気のせいだろうか。

2

訪問したのは、花沢《はなざわ》という元会社役員の家だった。

子どもは大きくなって独立し、会社を退職した今は奥さんとふたり暮らし。

広すぎる家を、高齢者でも暮らしやすいコンパクトサイズにしてほしいと、〈みつともホーム〉に建て替えを依頼してきて、昨年、完成したばかりだった。

「これや」

応接室に通されたふたりは、花沢と奥さんから、バスタオルを渡された。

「嗅《か》いでみてください」

奥さんに言われて、鼻を近づける。

洗剤の匂いがするだけだ。

「煙草《たばこ》臭いやろう」

花沢に言われて、ふたりでもう一度嗅いだ。

確かにほんの少しだが、言われてみれば煙草臭い気も……する。

「たしか花沢さんは、お煙草を吸わないはずでしたが」

近藤が訊くと、花沢はふんぞり返るようにして、

「当たり前や。健康には気をつかってるんだ。ウチで食べてるものは、みんな安全性の高いものを取り寄せとる。取り寄せだけで月に十万だぞ」

その割に体型はずいぶんぽっちゃりしている気がするが、まあそこはいいとして問題は煙草だ。

「じゃあ、どうして」

「二階のベランダや。出てみればわかる」

花沢に続いて階段をあがり、広々としたリビングに出てみたときだ。

「あれだ」

花沢が首を伸ばす。

ふたりも窓際に立って見ると、隣のアパートの二階のベランダから、煙草の煙らしきものが見えていた。

「置いてある荷物で顔はよく見えんが、誰かがベランダでひっきりなしに吸うとるんや。おかげで、ウチのベランダに干した洗濯物は、さっきのバスタオルのような有り様や」

純一は煙の位置を目測する。

まあ確かに煙はひっきりなしに吐き出されているが、そこまで目くじらを立てるものだろうか。

「そこでやな」

花沢がじろりと睨んできた。

「さすがに、向こうさんに煙草をやめろ、とは言えまい。それくらいの常識はわきまえとる」

ちょっとホッとした。

花沢だったら、言い出しかねないと思っていたからだ。

「それで、浴室乾燥というわけですね」

近藤が言うと、

「そうや。そんなもんつけんでいいと言ったが、これから先のことも考えるとなあ。妻が二階に洗濯物干すのも難儀になる時期がくるかもしれんし」

なんだ、いいところもあるじゃないか。

偏屈で偉そうなだけの老人かと思ったが、そうでもないかも。

花沢は近藤の持ってきた見積もりと工期の書類を見て、顔をしかめた。

「遅いな。今週中に何とかならんのか」

「いや、それはさすがにちょっと……工事自体は一日で終わるんですが、ちょっと今、人手が足りなくて……これでも最短なんです」

「だったら君ら、煙草を吸ってる住人のとこ行って、ウチの浴室乾燥ができるまでベランダで煙草吸うのやめてくれと交渉してきてくれ」

前言撤回。やはり偏屈な老人だ。

一度持ち帰ると言って、ふたりは花沢家を出た。

「どうします？」

尋ねると、近藤はため息をついた。

「仕方ない。一日でも工期を短くするように詰めてみる。それでもだめなら値引きするしかないだろう」

「アパートの人に言うのは？」

「そりゃ、無理だろ。隣のアパート、といってもぴったりくっついてるわけじゃないからな。何の権利があって、俺たちが吸うななんて言える？　アパートを管理してるわけでもないんだし……」

近藤がまっとうなことを言った。

まあそうだ。言いに行って逆にトラブルの種をまいてもしょうがない。

社用車に向かう途中、近藤のスマホに連絡が入り、

「別の顧客からだ。近いから俺は電車で行く」

と言って最寄り駅に向かってしまったので、純一ひとりになった。

（アパートか……）

果たして花沢は工期を一日早めたくらいで、納得してくれるだろうか。

あのわずかな煙草の臭いも、気にするような老人である。

（……行ってみるか……）

ダメ元で、アパートを見てみようかと思った。

作業着姿なら怪しまれないだろう。

怖い人が出てきたら、部屋を間違えたなどと言って、ごまかそう。

アパートの前に立ってみた。木造の、ごく普通の二階建てアパートである。

（確か二階の右端だったよな）

花沢家から見た記憶を頼りに、階段をあがった。

するとちょうどその目当ての部屋の玄関ドアが開いた。

顔を出したのは、金色の巻き髪で、付け睫毛なのかパッチリ目をした、いまどき流行りの韓国アイドルのような美人だった。

（うわっ、派手なギャルだなあ）

目が合って、思わず頭を下げてしまう。

「誰？」

気だるそうな声でギャルが訊いてくる。右手の人差し指と中指の間に火のついていない煙草を挟んでいた。やはりこの子がベランダの煙草の主らしい。

「実はハウスメーカーの……」

そこまで言っただけで、彼女は、

「またあ？　静かにしてたつもりなんだけどなあ。まあ立ち話もあれだから」

ギャルが入るように手招きした。

（へ？　なんだ？）

わけがわからないが、とりあえず中に入ると、玄関先で彼女は身体をギュッと押しつけてきて、上目遣いに見つめてくる。

「へ？　あの、ちょっ、ちょっと……」

金髪から甘い匂いが漂ってきた。

細いのに、意外なほど胸のふくらみの感触が伝わってくる。

ぶかぶかのパーカと、超ミニのデニムのホットパンツだが、おっぱいのふくらみはDカップかCカップくらいのほどよい大きさだと思う。

（や、柔らかいな……ま、まさかノーブラ？）

鼻の下を伸ばすと、ギャルが大きな目を細めてイタズラっぽく笑う。

「おにーさん、お願い。ねえ、次から気をつけるからさあ」

ぐいぐいとおっぱいを押しつけられる。

袖からちょっとだけ出した指と派手なネイル、パールや付け睫毛でぱっちりした目、ショッキングピンクの派手なグロスリップの唇……。

（うおっ……可愛いな。メイクしなくても、素も可愛いだろうな）

でれでれしてしまうが、そんな場合ではない。

「な、何のことでしょうか？」

狼狽えながら訊くと、ギャルはきょとんとした。

「不動産屋さんでしょう？　ここの」

「いえ、この近くの家を建てた住宅メーカーの者だから……このアパートとはまるで関係ないですけど……」

「なあんだ。また深夜に電話してる声がうるさいとか、苦情言われて来たのかと思った」

ギャルはあっさり離れて、訝しげに見てくる。

「じゃあ、何？　何かの点検？」

「いや、そうじゃなくて……」

一瞬、どう切り出そうか迷ったが、この子だったら素直そうだ。本当のことを話しても……。

「実は、近隣のお客さんの家を点検していたんですが……その……煙草が」

「煙草？」

「ベランダの煙草です。ひんぱんに煙が出ていて、ちょっと洗濯物に臭いがついてしまってまして。いえ、吸うなってわけじゃないんです。そのお宅が浴室乾燥機をつけますので、一週間くらいでいいんですが、ちょっとだけベランダでの煙草を控えてもらえたら……」

「ええーっ、どうしよっかなあ」

ギャルが「うーん」と考えている。

案外簡単にいけそうな気がして、純一は来てよかったと思った。

「あっ！　じゃあさあ。ウチのドアを直してくれたら、交換条件でベランダの煙草、やめてもいいよ」

「ドア？」

「そう。ちょっと来て」

金髪ギャルが、サンダルを脱いで中に入っていく。

簡単に見ず知らずの人間を部屋に上げていいのか、と思いつつも、後ろをついていく。

彼女が「これ」と言って見せてくれたのは、玄関から伸びる廊下と部屋の間を仕切るドアだ。見れば蝶番《ちょうつがい》が外れていて、ドアは開け放しになっている。

部屋が丸見えだった。

（意外とキレイにしてるな。それにしても、ひとり暮らしにしては物が多い）

リビングに男物っぽい服が見えたので、ちょっとがっかりした。別にがっかりしてもしょうがないのだが。

（まあこんな可愛い子なら、カレシぐらいいるよなあ）

そんなことを思いつつ、しゃがんで壊れている部分を確認する。

簡単に直せそうだ。だが、午後のアポの時間もあるので、今日の夕方にもう一度寄ると言うと、

「ありがとう。助かるわあ」

と、ギャルはうれしそうだったが、なぜカレシに頼まないんだろうなと、詮無《せんな》いことも思ってしまうのだった。

3

「あっ、悪いね」

夕方に再訪すると、金髪ギャルが、先ほどと同じ大きめのパーカとホットパンツ姿でドアを開けてくれた。

(しかし、なんの警戒もしないんだなあ、相手の素性もよく知らないのに)

大丈夫かなと思いつつ、再び中に入る。

すかさず、女の甘い匂いがムンムンしているのを感じる。

(香水？　じゃなくて、この子の匂いかな……ミルクみたいに甘い匂いだ。いくつくらいなんだろ)

今まであまり接したことのないタイプである。

祥子と似たような雰囲気もあるが、申し訳ないが祥子の十倍くらい可愛い。

「す、すみません、お邪魔します」

言いながら、どうしてもギャルの生脚や、ノーブラであろう胸元をチラチラ見てしまう。

（いかん、ドアを直しに来ただけだ。ここでムラムラしてどうする）

ほとんど見ず知らずの男が上がり込んでいるのだ。

このシチュエーションで通報されたら、誤解をまねいてしまう。

（しかし、いくつなんだろう。学生かな？　それにしてはずいぶん色っぽいな）

かなり短いデニムのホットパンツから、半分くらいはみ出した尻たぼは、脂がのっていてムチッとしている。

すらりとした生脚もエロい。

それにだ。こんなに短いホットパンツなら、パンティがちらりと見えそうだけど、まったく見えない。

（Tバック？　まさかノーパン？　ノーパンノーブラ？　いやいやいやいや）

いかん、勃ちそうだ。

修理に集中しようと、しゃがんで蝶番を見る。蝶番は外れているがネジはすべてついている。これなら簡単だ。

純一は作業着の腕をまくってから、鞄からドライバーを取り出して、ネジを締めようとしたら、ぽろっと指先からネジが落ちてしまった。

（あっ、やば……）

慌てて拾おうとしたら、ギャルの方へ転がっていった。

彼女はそれを拾いあげようと四つん這いになった。つかもうとしたら、指先のネイルのせいでネジを弾いてしまい、家具の下の隙間に転がり入ってしまった。

「やーん、もう最悪。あたし、不器用なのよねえ」

やれやれと言いながらも、ギャルは四つん這いのまま姿勢を低くして、ネジが入ってしまった家具の下の隙間に腕を入れようとしている。

（おおっ、すごい格好……）

四つん這いで姿勢を低くしているから、自然とお尻が突き出される格好だ。

デニムのホットパンツは極端に短いから、ぷりんとした生尻が半分くらい見えていた。

（なんて過激なホットパンツだ。これで外を出歩いてるのか？　ぷりぷりしたお尻がほとんど丸見えじゃないか。それにしても……）

キュートなヒップだった。

小気味よく盛り上がり、肉付きのよさがうかがえる。

尻の丸みが目を見張るほどで、熟女とはまた違った若々しい弾力を楽しめそうだ。

（た、たまらないな……）

そう思って見つめていると、脚の付け根の隙間から、ちらりと水色のパンティが見えた。面積が小さい。ほぼTバックみたいなパンティだ。

「あった。はい、ネジ」

急にこちらを向いたので、純一は慌てて視線をそらす。

顔が熱い。

（やばっ。バレたかな、見てたの……いけない、このところラッキースケベが連続発生してるから、つい……）

そもそも名前も知らない男が家に上がり込んでいるのだ。

さすがに叩き出されるかと思ったら、ギャルはぶかぶかのパーカの袖を口元に当てて、

「やん、もしかして見えた？　今日のパンティ、お気に入りなんだよねぇ」

ギャルは挑発的に言うと、ホットパンツの裾をちらりとめくった。水色のパンティがもろに見えた。ナイロン地のような素材感までわかってしまった。

「ウフフーっ。エッチね、おにーさん」

イタズラっぽく見つめられる。純一は顔を熱くさせながら作業に戻る。

（な、なんなんだ……）

白っぽい金色の巻き髪に、大きな目がクリッとして、おそらくメイクなしでもかなり可愛いのがわかる。

それでいてノーブラのパーカに、ぷりっとうねるお尻の見えるホットパンツ。しかもそれをめくって、パンティまで見せてくる。

（ゆ、誘惑してるのか？）

いや、こんなしがないハウスメーカーのイチ社員なんて、誘惑しても仕方がないではないか。

美人局《つつもたせ》？

そんな言葉が浮かんで、ちょっとゾッとしてしまう。

（ま、まさか……）

ネジを締めながら、ちらりと横を見る。

彼女はぺたりと床に座り、ニコニコしながらこちらの手元を見ている。

（なんなんだろ、この子……しかし妙に身体つきがいやらしいなあ……）

可愛いのに、妙な色気があるのはなんなんだろう。

そんなことを考えているうちに、手が滑ってドライバーの先端で指をこすってしまった。

「あたたたたっ」

左手の人差し指に、わずかに傷ができていた。

「ちょっと、大丈夫？　見せてみて」

彼女が怪我した指を手に取った。

「あらら、血が出てる」

「大丈夫ですよ、これくらい……えっ！」

いきなり彼女が純一の怪我した指を、口に咥えた。

（は？　は？　えええ！）

ちゅぱっ、ちゅぱっ、とおしゃぶりされて、さらには舌で優しく傷口をねぶってくる。

「ううんっ……ううんっ……ウフッ」

上目遣いに、ねっとりした目で見つめられて股間が疼《うず》いた。

何も言えなくて呆然としていると、ちゅぽっ、と口を離してから、絆創膏《ばんそうこう》を持ってきて貼ってくれた。

「す、すみません……」

「気をつけてねえっ……ウフフ」

彼女はまたちょこんと座り、じっと作業を見つめてくる。

(間違いないっ、美人局だ！)

確信した。

きっとこの作業が終わったら、

「ビールでも飲まない？」

とか誘われて、いい雰囲気になって寝室に行ったら、怖い人が出てくるんだろう。早く終わらせて退散した方がよさそうだ。

作業を終えて、額《ひたい》の汗を袖で拭うと、

「ありがとー。ねえ、クルマで来てるの？」

「へっ？ 電車で来ましたけど」

正直に言った。社用車は誰かに使われていたのだ。

「ねえ……会社に戻るの？　戻らないでしょ？　ちょっとだけ飲まない？」

彼女はウフフと小悪魔的な笑みを浮かべている。

（き、きたっ！　やっぱり美人局だ）

逃げなければと思ったが、しかし、可愛いギャルに微笑まれると、ちょっとだけ怖いもの見たさの気持ちが湧きあがる。

（何もしなければいいだけだ……誘われる前に逃げるんだぞ）

そんな気持ちで頷くと、彼女はキッチンの冷蔵庫から缶ビールを持ってきて渡してくれた。

リビングの床に座り、ギャルが缶ビールを近づけてきたので、純一も同じように缶ビールを出してカチンと合わせた。

「カンパーイ」

「は、はあ……」

プルトップを開けて、ああそういえばと思った。

「あの、そういえばお名前を」

んぐんぐ、と喉を鳴らして飲んでいた彼女は、ぷはぁっ、と豪快に息をついて

から、

「あれ、言ってなかったっけ？　あたし、三崎明日香《みさきあすか》。明日香でいーよ。キミは？」

「純一です。春日純一」

「純一ね、いくつ」

「二十六歳ですけど……」

冷えたビールを流し込みながら答えると、

「やん、年下じゃん。私、二十八。人妻だよお」

ぷっ、とビールを噴き出しそうになった。

「えっ！　年上⁉　……しかも結婚してるんですか？」

「そうよお、悪い？」

彼女は缶ビールを飲み干して、二本目を持ってきた。

（ピッ、ピッチ速いな……それよりも僕より年上で、人妻とは……）

目の前のギャルに制服を着せたら、それこそ高校生である。大学生くらいかなと思っていたら、想像を遥かに超えていて驚いた。

いや、それよりももっとまずいのは、人妻だという事実だ。

（どういうつもりなんだ……）

飲んだら出ようと慌ててビールを喉に流し込み、立ちあがろうとしたときだ。

「あ、あの……」

「旦那なら、今日は戻ってこないから、心配しなくていーよ。というか、ここんとこ、ほとんど帰ってこないけど」

と、明日香が急に寂しそうにつぶやいた。

首を突っ込まない方がいいかなあと思うのだが、彼女が聞いてほしそうにしているから尋ねてみた。

「だから僕に修理を頼んだんですね？」

「だって……旦那は遊び歩いて、ほとんど家に帰ってこないんだもん。他にもやってほしいこと、いろいろあるのにさあ」

明日香がむくれて、頬をふくらませる。

「はあ……なるほど……」

「ここだって、引っ越さなきゃあって思ってるのに……」

「え？　引っ越す？」

「だって、寂しいんだもん。もっと繁華街に近いところがいいなあ。でも親には頼れないから、お金のこととか旦那と話したくて」

「親って……」

「実家の親。私、山形なの。三姉妹の末っ子でさ、お姉ちゃんたち頭良いから、すごく親からいい子いい子されたのに、私、バカだったからいっつも怒られてて」

ふうっ、と明日香は大きく息を吐いて、遠い目をした。

「なあんで、こんなこと知らない人に話してんだろ」

「知らない人だから、話しやすいってのもありますよ」

言うと、明日香はちょっと考えて、

「そっかあ。頭いーね、純一。私、学生の頃、親と喧嘩して部屋に引きこもっててね。そのときネットばっか見てて、いつの間にかストリーマーになってて」

「ストリーマー？」

「そう。ユーチューバーってヤツね。動画配信とか、ライブとかやってさあ、旦那ともそこで知り合って……」

あまりその辺には詳しくないが知識はある。

今は、素人《しろうと》でも動画配信で稼げる時代、ライブとかで視聴者やファンが投げ銭といって、オンラインで送金してくれる仕組みがあるのだ。

（この子……いや、この人妻さんなら、可愛いから相当稼げるだろうなあ）

それにしてもすごい世界だ。

その動画配信で、旦那を見つけるというのもイマドキだ。

「なんだっけ？　ああ、そうそう。それで口うるさい親と縁《えん》切って、勝手に東京に出てきてさあ……もう十年かなあ……親はさあ、結婚式も呼ばなかったんだよね……」

はあ、とため息をついて、明日香はまたビールを呷《あお》る。

（複雑な親子関係だな……）

そんなことを考えていると、ふと床の上に置いてあった書類の中に、目立つように赤く丸をつけた封筒があった。

差出人の住所を見ると、山形からだ。

「その封筒、ご両親からじゃないんですか？」

「え？　あ、うん……」

明日香が押し黙った。

（ん？　もしかしたら……）

少し考えた。先ほどから親の話ばかりしている。

親が嫌いと言いつつ、実は気になって仕方ないのではなかろうか。

「あの……親御さんからの封筒を捨てずにいるってことは、仲直りしたいと思ってるんじゃないですか？」

明日香はハッとした顔をした。

「別に、そんなわけ……」

「でも……ご両親はここの住所も知ってるわけでしょう？　中身が何かわからないけど、消印も新しそうだし……向こうも心配してるんじゃ」

明日香はちょっと考えてから、

「そっかなあ」

と、ちょっとうれしそうな顔をした。

「そうですよ」

明日香は少し逡巡してから、

「……明日、電話してみよっかなあ」

「それがいいと思いますよ。家って、すごく雰囲気でわかるから……なんかこの部屋、キレイなんだけど、生気《せいき》がないっていうか……家って、どこに住むかよりも誰と住むかが重要ですから。いろいろリセットしても……」

ちょっと踏み込み過ぎたかなと思った。

だが、彼女は怒るでもなく、

「そうかもね……」

と、つぶやいてニコッと微笑んできた。

「やさしーね、純一」

すごく眩《まぶ》しい笑顔だ。きっと根は優しくて純朴《じゅんぼく》な気がする。胸がときめいた。

「優しいなんて、別に……」

「煙草、やめるから」

「え？」

彼女はまたキッチンに行って、三本目の缶ビールを取ってくると、今度は純一の隣にぴたりとくっついてきた。

「えっ……ちょっ……」

「ウフフ。私さあ。煙草が多くなってたのって、寂しさを埋めるためだったんだよね。だから……やめてもいいよ。でも煙草の代わりに、純一が寂しさを埋めてくれるんなら」

「は？　あっ……」

ノーブラのパーカだ。

たわわな胸のふくらみが、ほとんどダイレクトに右肘《みぎひじ》あたりに感じられる。

柔らかくて弾力がすごい。右肘に全神経が集中してしまう。

（くうう、いいおっぱいしてるっ）

乳房全体が押し返してくるようだった。

「ウフフー。私、悪くないでしょう？」

甘えるような上目遣いは、暴力的なほど可愛らしかった。

柑橘《かんきつ》系の爽やかな匂いがする。ノーブラの胸元に目が吸いよせられた。

「あっ……」

いつの間にかパーカのファスナーを下げていて、中が見えるように胸元を開いている。白いふくらみと赤々とした乳首が見えた。

（ち、乳首が見えてるっ！　やっぱりノーブラだ）

ブラチラ、パンチラはあったけど、乳首チラは初めてだ。

ハッとして明日香の顔を見れば、イタズラっぽく妖しげな目を向けていた。

「ああン……ねえ、おっぱい見えたでしょ。というより、ずっと見てるよねえ」

作業着のズボン越しに、ふくらみを撫でられた。

「えっ……ちょっと……」

戸惑い、腰を引くと、彼女はビールを口に含んだまま顔を寄せてきた。

「んっ……！」

あっという間に、キスされていた。

そのまま体重をかけて、カーペットの上に押し倒される。

明日香は唇を重ねたまま、ちゅるちゅると純一の口内に、ビールを流し込んできた。生温《なまぬる》いビールが口中を満たす。

「……！」

まさかのイタズラに目を見開いた。

（口移しなんて……なんてエッチなんだよ……）

同時に、すりすりと右手でイチモツをさすられると、あっという間に分身が硬くなる。

「あんっ……もうこんなに……ねえ……ねえ……」

キスをほどいて、甘ったるい媚《こ》びた声でささやかれる。

大きな瞳で、じっと見つめられた。

（可愛い……）

これは……からかわれているわけじゃない。本気で欲しがっている。

明日香は純一の上で馬乗りになり、ゆっくりとパーカの前を開いて肩からするりと落としていく。

「おお……」

思わず声がこぼれるほどの、美しい乳房だった。

4

（うわあ、すげえ！）

白っぽい大きなふくらみを見て、純一は息がつまった。

ぷるるんっとした、白いプリンのように丸々として、柔らかそうなふくらみである。

男の手に、ちょうどいいサイズのお椀型で、淡いピンクの乳首がツンと上を向いている。

下着の跡がまったくない。肌が水を弾きそうなほど肌理細《きめこま》やかだ。そして見とれるほどの美乳である。

同時に、明日香の身体の細さに驚いた。
身体つきは丸みを帯びて柔らかそうなのに、腰の細さが尋常ではなく、だから
おっぱいだけが強調されているのだ。
「ウフフ。おっぱい好きよね、若い子は……」
言われて、年上だったことを思い出した。
それほどまでに可愛い美少女のような若妻だ。
興奮しつつ、仰向けのまま、明日香のおっぱいに手を伸ばす。
震える手でつかむと、乳房は、ふにゅっと沈み込み、しかし豊かな弾力が指を
押し返してくる。
「んふん……」
ギャル妻は馬乗りのまま、身体を震わせる。
素晴らしい揉みごたえだった。
純一は両手を使い、下からたわわなバストをじっくりと揉みしだく。
(ああ……張りがあるし、感じ方も可愛いな)
ぐいぐいと揉みしだくと、
「あっ、あっ……」

と、明日香はうわずった声を漏らして、軽くのけぞった。

乳首が尖り、その硬くなっていく様を手のひらに感じた。桜色の乳首が屹立していた。

それを押しつぶすように、揉んでいくと、

「あっ！　ああんっ……いやん……」

明日香が上から見つめてきて、

「いやらしい手つき。じゃあ、こういうのは？」

明日香は身体をズリズリと下げていき、純一のズボンとパンツを下ろして、おっぱいをビンビンになった肉棒にくっつけてから、ギュッと挟み込んだ。

（ぬわっ、えっ……？）

左右から乳房を寄せ、おっぱいで勃起をシゴいてくる。

（ああ、こ、これ、パイズリッ）

ふっくらしたおっぱいが、ギュッとイチモツを強く包んできて、そのまま明日香は身体を上下に揺らしてくる。

「うふん……いいんでしょ？　おっぱいでオチンチンをしごかれるって」

明日香はイタズラっぽく言って、さらにおっぱいを寄せてくる。

（ああ、男が悦ぶことを知ってるんだな）

パイズリされたのは初めてだった。

柔らかなおっぱいにギュッと挟まれて、至福を感じる。

パイズリは、おっぱいの重量やしっとりした乳肌の感触も最高だが、それ以上に見た目がすごかった。

自分のチンポの先が、ギャル妻の美乳の谷間から顔を出したり隠れたりしている。

それにだ。

男の股ぐらに胸を寄せて奉仕している仕草を見ているだけで、ドキッとして興奮してしまうのだ。

「んうぅん……んうぅん……やだ、純一のオチンチン熱くなって、ズキズキ脈打ってるよっ……私もへんな気持ちになってきちゃう」

パイズリされながらの上目遣い。

すさまじい破壊力だ。

「……ううっ、た、たまりませんよ……おかしくなりそう」

感じすぎて、目の焦点が合わなくなってきた。

尿道が熱くなり、射精前の甘い陶酔が頭の中をとろけさせていく。

「ウフフ。可愛いオチンチン。私も欲しくなっちゃった」

明日香はおっぱいで挟むのをやめると、今度はその勃起に顔を近づけてくる。

金色の巻き髪を軽く指ですきながら、ピンクの舌を伸ばして、尿道口を舐めてきた。

「うっ……！」

強烈な刺激だ。一気に全身がゾワゾワして、思わず腰を浮かす。

「ウフフ。美味しい……」

ねっとりした目で見つめながら、勃起を持ってカリのくびれや裏筋を、舌の腹をめいっぱい使ってチロチロ舐めてくる。

「う、くっ……」

快感が一気にイチモツの根元から全身に広がっていく。

(う、うまいな……パイズリといい、口戯《こうぎ》といい、Sっぽいギャル妻だけど奉仕するのが好きなのかな……)

明日香は舌を出しながら、ウフフッ……とちょっとはにかんだりして、弄《もてあそ》ぶようにぺろぺろと勃起を舐めてくる。

「おお……」

腰が痺れた。ハアハアと息を荒らげて、カーペットを引《ひ》っ掻《か》いてしまう。

「ウフフ……悶えてる。かーわいい」

クスクス笑いながら、明日香はさらに亀頭部をソフトクリームのように舐めてくる。ガマン汁と唾でべとべとになるほど男性器を可愛がったあとに、ようやく大きく頬張ってきた。

上目遣いにこちらを見つめながら、じゅるじゅると唾の音を立てて、肉竿をすすってくる。

（くううっ、フェラチオ……う、うまいなっ……）

温かな口の中に含まれるだけでも気持ちいい。

だがそれに加えて、ギャル妻は唇を締めたり吸引したり……果ては奥まで咥え込んで刺激を与えてくる。

（ああ、気持ちよすぎるっ……）

瞼《まぶた》がピクピクしてきた。

全身が痺れるほどの快楽に加えてだ。可愛いギャル妻が、一心不乱に男のモノを舐めている様は興奮する。

「んんうう……んんう……」

次第に明日香も夢中になってきたようで、頭を打ち振るスピードが速くなってきた。しなやかな指でのシゴきも加わる。

　さらに、である。

　頬をへこませて、チンポをチューッと吸いあげてきた。

「うぁぁぁっ」

　思わず、声をあげて背を浮かせた。

　初めてのバキュームフェラ。

　じゅぽっ、じゅぽっ、と大きな音が立ち、唾液がさらにたっぷりと分泌されて、まるでローションのように滑りがよくなってくる。

　口腔全体で締め上げられる圧迫感と、それに鼻の下が伸びたフェラ顔をさらしてでも、男を悦ばせようとするギャル妻の懸命さもうれしい。

「だ、だめっ……明日香さんっ、で、出るっ」

　あまりの気持ちよさに腰が震えた。

　訴えると、明日香は含み笑いして肉竿を吐き出して立ちあがる。

　ホットパンツのフラップボタンを外し、ファスナーを下ろしてパンティごと下ろしていく。
一糸まとわぬギャル妻の姿に、純一の心臓は高鳴った。
ほっそりして長い手足、シミひとつない白い肌。
張りのある豊かなバストと、ツンと上向いた薄ピンクの乳首。
ウエストはかなりくびれていて、それでいてヒップは小気味よく盛りあがって
いて、ぷりんとした桃尻だ。
(やっぱり二十八歳だな……身体つきがいやらしい)
それでいて、意外に恥じらいがあるところもたまらない。小生意気そうなのに
奉仕してくれるのもいい。
「ねえ……私にもシテ……」
甘えるように言うと、明日香は純一の作業着の上もTシャツも脱がして全裸に
させ、今度はこちらの顔に尻を向けて跨《また》がってきた。
シックスナインの体勢だ。
純一の上に覆い被さって勃起を握りしめながら、
「ねえ、ねえっ……お願いっ……」
と、悩ましいお尻を突き出し、おねだりするように揺すってくる。

「なっ……！」

息がつまった。

尻割れの奥に、セピア色の可愛い肛門がばっちりと見えている。

その下では、ふっくらした肉土手の中心部が、口を開いて薄桃色の媚肉《びにく》を露わにしている。意外に陰毛が濃くて色素の沈着もある。

見た目もすごいが、匂いもエロかった。

むっとするような牝《めす》の匂いが香ってきている。

彼女の腋の下の匂いとはまた種類が違う、獣じみた強い香りだ。股間がじくじくと疼く媚薬のようだった。

「はやくぅ」

誘うように尻を揺すってこられると、もう止まらない。

指で淫唇を開き、狭間に舌を走らせると、

「んっ……！」

明日香はビクンッとして、しがみついてきた。

体重が軽い。小柄で可愛い。

もっと引き寄せて陰毛を指でかき分け、舌を使って奥まで舐める。

ピリッとするような味だ。もっと舐めたくなる。

「あ、ああうん……いい、いいよ……」

甘い声を漏らして、気持ちいいのか腰をくいくいと動かしてくる。

ときどき、

「あっ……あっ……」

と、うわずったセクシーな声を出しながらも、思い出したように指でイチモツの表皮をこすってくる。

（シックスナインでいじりっこ……エロいなっ）

また快楽がふくらんでくるが、それを必死にこらえ、指でくぱあっとワレ目を広げて、ピンク色のぬめった内部に舌を届かせた。

「ああっ、ああんっ、気持ちいいっ……純一っ、もっと……」

新鮮な愛液が、たらたらと奥からあふれてくる。

それをすべて舐め取るように舌を動かしつつ、もうそれでは足らないと亀裂に唇をつけ、ズズッと蜜をすすり飲んだ。

「あっ、あんッ……いやあん……そんなっ……ああん……」

明日香はかなり感じてきたらしく、肉棒を握ったまま尻を揺らしてくる。

尻を突き出してきたので、さらに顔面が圧迫される。

(んぶっ……しかし、この子……いや、このギャル妻はすごいなっ……)

今日初めて会った男なのに、もう友達のように下の名前で呼んで、ここまで淫らな部分を見せてくる。

(寂しいんだろうな、家の中にひとりで……)

その寂しさにつけ込んでいる……いや、でも悦んでくれているのだから、いいんだ。

舌に肉芽が触れた。クリトリスを弾くように舐めまくると、

「きゃんっ……ク、クリっ……やあん、それ、気持ちいいっ」

明日香はいっそう昂ぶってきたようで、心から感じているようだ。

「もっとそこを舐めて」というように尻を振って、クリを押しつけてくる。

ならば、と、舌先でクリを刺激し続けていると、

「やっ……だめっ……もうだめっ」

今まで積極的だったギャル妻が、肩越しに泣き顔を見せて、降りようとしてきた。その腰をつかみ、さらに激しく舌を走らせると、

「やっ！　ちょっと……あんっ、だめっ、だめぇ、あんっ、あっ……ハアッ、ア

アッ、アアアッ！」

もうこらえきれないとばかりに、しがみついて、うねるようにヒップをくねらせてくる。蜜のあふれ方が尋常ではなく、洗ってもとれないんじゃないかと思うほどの発酵した匂いがまとわりついてくる。

「あっ……あっ……！　だめっ、もうだめっ……イクッ……」

舐めていると、明日香はまた肩越しに、ぱっちりした大きな目を向けてきて、拗《す》ねるような顔をして、

「……ホントにイッちゃうからあ……」

涙目のギャル妻が可愛らしすぎた。

もうシックスナインなど関係なし、ひたすら明日香のおまんこを舐め続けた次の瞬間、

「……イクッ……」

小さく声をあげ、激しく彼女の身体が痙攣した。

純一の上に乗っかりながら、ギュッと抱きしめてくる。

しばらく震えていたあと、ぐったりして、肩越しに真っ赤に充血した大きな目を向けてきた。

「ああ……私ばっかりイカせて、ずるいっ……」

拗ねたように言うと、今度は純一の下半身を跨いできた。

5

明日香は仰向けになった純一の勃起をつかんで、しゃがみ込んできた。

（えっ……？　騎乗位で……な、生ハメっ……）

純一はハッとした。

明日香はその顔から悟ったらしく、

「いいの、あたし、もうガマンできなくなってるから……大丈夫だから」

言い聞かせるようにしながら、硬くなったものを自分の溝に当てて、調節しながら、さらに腰を落としてくる。

「うっ……」

亀頭が、ぬめった入り口を押し広げるようにしながら、ゆっくりと温かな坩堝《るつぼ》に嵌まり込んでいく。

（ああ……あったかい……とろけるっ）

さらにギャル妻が大きく脚を開いて、尻を落としてくると、

「ぁああっ！　か、硬いっ」

奥まで嵌まったのだろう。

明日香は騎乗位で純一の上に乗りながら、大きく腰をうねらせる。

「くうっ……」

同時に、純一もその痺《しび》れを感じて唸《うな》っていた。

ギャル妻が体重をかけて、股間部分に座り込んだので、奥までのめり込むような挿入感があった。

（あったかいなんてもんじゃない。熱い……）

しかもだ。

明日香の肉襞の締めつけが気持ちよすぎた。

（名器じゃないか？）

まるで精子を欲しがる生き物が吸いついてるかのようなうねりで、チンポに刺激を与えてくる。

襞の数がやけに多い。今までにない感覚だった。

「ぁああん……大きい……いいよぉっ……」

のけぞりながら、明日香が腰を前後に振り始めた。

（ぬわっ、エロ……）

フラダンスのような激しい腰使いだ。同時に膣道がギュッ、ギュッ、と締まってくる。気持ちよくて、こちらからも猛烈に腰をぶつけると、

「やんっ……深いところっ……当たってるっ……やあんっ」

と、明日香は腰を振りながら、大きくのけぞる。

確かに肉棒の先が、柔らかなふくらみを捏ねている感触がある。

小柄だから膣も小さいのか。

「あんっ……いい、いいよぉ……」

明日香は両足をペタッと床につけ、両手を純一の胸の上に置き、馬に乗るような姿勢でさらに腰を動かしてきた。

ぱちんっ、ぱちん、と肉の打擲《ちょうちゃく》音《おん》をさせながら、激しく揺さぶってくる。

「くううっ……ああ……や、やばいよっ、それ……」

純一が焦った顔を見せるとギャル妻は、

「ウフフー」

と笑って、イタズラっぽく見つめてくる。

（ああ、ホントに男を翻弄《ほんろう》するのが好きなんだな……）

このままではすぐに出してしまいそうだった。自分からも動かしたい。

「ま、待って……僕にも……」

訴えると、明日香はハアハアと息をしながら、

「明日香のこと、犯したいのね……ウフフ、いいよっ」

そう言って、前傾して抱きついてきた。

つながったまま、抱き合って見つめ合う。

「純一のおかげで吹っ切れたわ。私、離婚すると思う。それで、親ともう一回話してみる。家って誰と暮らすかだよね、せっかく都会に出てきても……」

そこまで言ってから、ウフフッと笑って、唇を寄せてきた。

恋人のように、ちゅっ、ちゅっ、とキスをしては、恥ずかしそうに見つめてくる。

（……可愛い……）

舌を差し入れられて口内を舐めてきたので、純一も舌をからめて、お互いに口を吸い合った。

「んふん……んんうん……ううん……」

ディープキスをしながら、そのまま反転して、明日香を仰向けにさせて正常位

で再び突き入れた。

「あああっ」

明日香は顔を真っ赤にして、背をのけぞらせる。

ガマンしている表情がなんとも淫らだ。

純一はますます興奮して、ギュッとしながら激しく腰を使う。

「ああんっ、は、激し……ああんっ、すごいっ……削られちゃうっ！」

明日香が耳元で、いよいよ切羽詰まった声を漏らしてきた。

もっと感じさせたいと、純一は身体を丸めて、乳首に吸いつきつつ、パン、パンッ、と音を出すほどに激しくストロークする。

「ああん、き、気持ちいい……」

明日香は心底感じた声を出し、腰を、くいっ、くいっとしゃくりあげてきた。

こちらも負けじと腰を動かすと、

「あんっ、気持ちよすぎっ。オチンチン、すごく感じちゃうっ……いいのっ、あんっ、ンンッ……」

快楽に揺さぶられながら、明日香はこちらを見ていた。

細眉がハの字に折れ曲がり、涙目になっている。

その快楽に負けていく切実な表情が、純一をいっそう昂ぶらせ、さらに突き入れを速めていくと、

「あっ、すごいっ……いいっ……ああんっ、ま、また……イキそう……」

明日香は可愛らしい顔を哀切に歪め、腰をくねらせる。

「あんっ……ああんっ……あんっ、また……イクッ……ねえ純一っ……一緒に、一緒にいこっ……あっ、あっ……」

明日香は純一の腕をつかみ、潤んだ瞳を向けてくる。

（いいのかな……でも……）

彼女は欲しがっているし、大丈夫だと言っている。

ならばと切っ先で内部の粘膜を穿《うが》ち、何度も何度も打ち込んだ。

「ああんっ……だめっ！　ああん、イクッ、イッちゃううう！」

明日香が差し迫った様子で、しがみついてきた。

ぶるっ、ぶるっ、と下腹部から爪先までを震えさせ、同時に膣がエクスタシーの痙攣を始める。

その瞬間に、純一もしぶかせていた。

（くうう……）

すさまじい快楽に、目の奥がちかちかする。

熱い体液の放出をじっくりと味わいつつ、明日香を抱きしめて注ぎ込んでいく。

出し終えて、明日香を見る。

「あんっ、純一の精子っ……熱いっ。あたし、こんなに短い時間で何度もイッたの初めて」

そう言って、ギュッと抱きついてきた。そして、

「ねえ……まだできる？　他の体位でもしよーよー」

と、汗ばんだ身体でギュッとしてくる。まるで猫のように顔を胸板にこすりつけてじゃれてくるのが可愛すぎた。


（離婚か……）

明日香の家を出て、夜の町を歩きながらぼんやりと考える。

やはり一度信頼を失うと、夫婦というものは元に戻らないのだろうか。

ふいに、莉奈のことが頭をよぎる。

あれから数週間、音沙汰《おとさた》ないけど、連絡がないのは関係が修復できたからだろ

うと勝手に思っていた。

(でも、どうなんだろ……)

LINEをしてみようと思った。

(まだ未練があるわけじゃないぞ。ホントに心配してるからだ)

自分自身に言い訳しつつ、

『家の方はどうだい？　何かあれば連絡してくれ、〈みつともホーム〉のメンテはバッチリだからな』

と、様子見で送ってみた。

タクシーを拾って乗り込んだときだ。

返信がきて、見てみると純一の予想に反した内容だった。

『家よりも、住む人間が問題ね。離婚することになったの、私たち』

思わずタクシーの中で、

「えっ！」

と声をあげてしまうほど驚いた。

第五章　女上司とハプニング

1

（ウソだろ……）

タクシーの中で、莉奈とＬＩＮＥのやりとりをすると、

『弁護士を入れて財産分与の話をしている』

というので、もう元には戻らないだろうなと、純一は座席に深く身体をあずけ、ため息をついた。

と、同時にだ。

どこかで期待している自分がいた。

「寂しいから」と莉奈は純一に身体を許しそうになって、結局はフェラチオまでだったが……それでも好意めいたものだけは確認できた。

離婚が成立し、そのあとに莉奈と付き合ったりできたら……。

うれしいが、元々クラスメイトだった旦那と別れた後に別の元クラスメイトと付き合うなんて、そんな節操《せっそう》のないことを彼女はしないような気がする。浮気されても、まだその旦那を思っているような、一途《いちず》な人だ。

『祐介さんが浮気を認めてないから、こじれてるけどね』

そんなLINEもきたので、莉奈が精神的にまいってないかと心配した。

連絡をしたかった。

だが、今はよくないだろうとも思う。変に連絡を取って、裁判がこじれることだってあるのだから。


翌週のこと。

希美と一緒に千葉に住む顧客のところから、社用車のステーションワゴンで戻っているときだった。

その日は晴れていて、冬にしては暖かく、海沿いの道はドライブ日和《びより》だった。

(社用車じゃなければ……デートっぽいのに)

ハンドルを握りながら、ちらちらと助手席に座る希美を見る。

彼女がわずかに窓を開けたので、ツヤツヤした黒髪が、さあっと風になびいている。柔肌《やわはだ》の香りが車内を包んで、うっとりした。

今日はタイトなミニスカートに、グレーのジャケットというカチッとした営業職スタイルである。

(いいなあ、できる秘書って感じで……)

バツイチの三十六歳。

涼《すず》やかな切れ長の目に、目鼻立ちも端正な美人である。

それに加えてだ。

ジャケットの下の白いブラウスを突き上げるおっぱいは、いつものように呆れるほど大きい。

(やっぱデカいよな……)

彩也子や莉奈、紗栄子と有紀、そして明日香も……一般的なサイズよりおっぱいは大きかったと思うが、希美はその中でも一番デカい。

白いブラウスにブラが透けているから、押さえつけてはいるんだろうが、それでも豊かな胸のふくらみを隠しきれない。

Fカップどころか、Gカップ以上あるのではないか。

それに、シートに座っているからタイトなスカートから伸びる太ももが、とっても肉感的だ。甘美で妖しいフェロモンが、胸元や太ももの奥から、ムンムンと漂ってきそうな色っぽさである。

（こんな美熟女が、独り身なんだもんなあ……）

これほど熟れきった女盛りの肉体なら、ひとりでは持て余してしまうのではないだろうか。

寂しい夜など、どうしているのだろう……。

（いかん、ますます妄想が……）

見ないようにと思いつつ、赤信号で車が停まり、ちらちらと女上司の太ももを見ていると、

「ちょっと短すぎたかしらね、スカート」

希美が唐突に言い出して、こちらを見た。

ハッとして純一は目をそらす。

見ていたのがバレたかと思ったが、希美は特に怒っている様子もなかった。

「あの……似合ってると思いますけど。谷川さん、脚がすらっとしてるし」

「ふーん、そういうところを見てたのねえ、春日くん」

切れ長の目が細められた。褒めたつもりだったが藪蛇《やぶへび》だった。

「い、いや、そういうわけでは……その……ほら、いつも歩いているときとか姿勢がよくてキレイだし……」

「よく見てるわね。まあ三十半ば過ぎのおばさんが頑張っちゃってるようにしか見えないよね。さっきもコンビニで若い子にジロジロ見られたしさ。もうこういう短いのを穿く歳じゃないわよね」

「いや、それは……きっと脚がキレイだから見てたんですよ」

これはセクハラ発言だなと思った。怒られるな、と覚悟していると、

「おばさんをからかわないで。そういう気づかいはもういいから」

拍子抜けだった。

青信号に変わり、クルマを発進する前にチラッと希美を見ると、スマホを見ながら少し落ち着かない様子だった。

（なんかあったのかな……）

いつかの慰謝料の話を思い出す。何か前の旦那ともめてるのかなと思いつつ、アクセルを踏むと、

「ねえ、あなたはどうしてハウスメーカーに就職したの？」

ふいに希美に訊かれて戸惑った。

適当に返答しようかと思ったが、横目で見た希美の顔が真剣だったので、純一はちょっと考えて返答した。

「正直言うと……そんなに思い入れもなかったんですよね」

「就職しやすかったから、とか？」

「いえ……僕、一番になりたかったんです」

一呼吸置いて、話を続ける。

「僕は子どもの頃からあんまり親に褒めてもらったことがなくて……勉強で一番になったら褒めてもらえるかなって。でも結局、いくら猛勉強しても一番にはなれなくて。だったら商社に勤めていた父親より、もっとデカいものを売って一番になろうって。人生の買い物の中で一番大きいのは家ですよね。だから……」

「なーるほどね。あなたの適当な営業のルーツがわかったわ」

「で、でも今は……違います。家は人の人生を幸せにできるって……」

「家なんて、単なる箱よ」

「え？」

驚いた。彼女がそんな風に言うとは思わなかったからだ。

「私はね、復讐のためよ」

「復讐？」

「そう。私の父親は外資系の証券会社に勤めてて羽振《はぶ》りがよかったの。それで都内に大きな家を建てたんだけど、営業マンの口車に乗せられて欠陥住宅を掴まされてね。訴えようとしたけど、相手が巧妙でそれもできなかった。それが原因で親たちの仲が悪くなって、離婚よ」

そんなことがあったのか。

純一はハンドルを握りながら、厳しい顔をした。

なるほど、最初から当たりが強かったわけがわかった。おそらく自分のような売上のことしか考えない営業マンに当たったというわけか。

「だから、厳しくやってるのよ。正直、あなたのことは大嫌いだったわ」

「……でしょうね」

納得して返答すると、彼女は苦笑いした。

「ただまあ、最近はよくやってるって思うわよ。どういう風の吹きまわしか知らないけどね」

「谷川さんたちのおかげです。いい思いもできてますし」

「いい思い？」

聞き返されて、純一は咳払いした。

「いえ……アフターサービス課のおかげで、いい仕事ができてるってことです」

「すぐ調子に乗る。まだまだね」

と厳しいことを言いつつも、希美はクスッと笑った。

（えっ……こんな笑い方するんだっけ……）

冷たいとばかり思っていたが、意外と笑顔は親しみやすいんだ。

そして笑ったときに、希美のデカパイが揺れたのも見逃さなかった自分は、根っからのスケベだなと思う。

2

途中、コンビニに立ち寄った。

日はすっかり暮れていて、冷たい風が吹いてきたなと思っていたそのとき、スマホに莉奈から電話がかかってきた。

（電話？　珍しいな……）

クルマに戻る前、コンビニの出入り口で電話に出た。

「もしもし、春日くん……ごめんね、急に電話して。まだ会社かしら」

「ああ。というか、あと三十分くらいで会社に戻って、やり残した仕事したら終わるけど……どうかした？」

「……」

少し言いよどんでから、莉奈は続けた。

「実は、ウチの人が浮気相手と、これからラブホテルに行くことがわかって」

「え？　祐介が……ホテル？」

「……うん。すごく警戒してたんだけど……彼、ラブホテルの予約サイトっていうのを使っていてね。それで、彼のパスワードとかも知ってるからアクセスしてみたら、今日の十九時に予約が入ってて」

「マジか」

祐介は確かに用意周到だった記憶がある。

学生時代も、そこまで一緒には遊んでいなかったが、スマホで下調べをしてからどこに行くか決める几帳面《きちようめん》さがあったのは覚えている。

「それで……私と一緒に、行ってもらえないかしら……ホテルに入るところを動画で撮影したいの。お願い」

莉奈の言葉に切実な思いがにじんでいた。

おそらく慰謝料のことだけでなく、浮気したという事実をその目で確認したいのだろう。

その気持ちも大いにわかる。

「わかった。でも場所だけ教えてくれないか。僕ひとりで行くから。僕と莉奈がいたら、向こうは警戒してるだろうから気づかれる」

「でも……」

「いや、ホテルに入るところを撮ればいいんだよな。おそらくそんなに難しいことじゃないと思う」

莉奈はそれでも「行く」と言っていたが、なんとか説得した。

（さてと、クルマを会社に戻してからでは間に合わないよなあ）

純一はクルマに戻り、希美に運転できないだろうかと尋ねてみた。

「は？　私、免許持ってないわよ。いきなりどうしたの？」

「実は同級生の奥さんから……」

友達の浮気の話などしたくないが緊急である。

聞き終えた希美は、ニヤッとした。

「へえ。普通そこまで同級生のためにするかしら。好きなんじゃないの？　その子のこと」

言い当てられて、思わず顔を熱くした。

「ウフフ。ホントにそうなのね。なるほど、純愛ねえ」

希美が探るような目つきをした。

珍しいなと思った。恋愛の話など興味なさそうだと思っていたからだ。

「いいわ。一緒に行くから」

いきなり言われて、大いに驚いた。

「そんな顔しなくてもいいじゃないの。ほら、すぐに出発よ」

言われるままにクルマを発進させる。

「あなた、ホテルに入るところだけ撮ろうとしてるでしょう？」

「え？　そうですけど、それじゃだめなんですか？」

「浮気の証拠でしょう？　だめなのよ、それだけじゃ。ホテルに入るときは一緒だったけど別々の部屋に泊まった、って言われたらどうするのよ」

「はあ？　ラブホテルに入っといて、そんな言い訳、通じないですよね」

「通じるのよ、それが。私がそうだったもの」

いきなりの告白にギョッとした。

「あ、あの……私が、って……」

「前の旦那。浮気してたのよ。証拠つかもうと、変装して尾行しまくったんだけどね」

なるほど、コスプレの原点はそれか。

希美が続ける。

「で、ラブホテルに入るときの写真は撮れたんだけど、裁判で『別々の部屋に泊まったから不貞行為はしていない』って言われて。何それって思ったけど、それで通るのよ。入るときと出るときの、ふたりが一緒にいる写真。これで『肉体関係があったと推測できる』証拠になるわけよ」

「はあ、なるほど」

感心するとともに、希美はいろいろ苦労してるんだなあと思った。

親の離婚、自分の離婚……。

(以前に電話していた話はこれか)

つながって、理解した。

「あの……いろいろ、すみません」

「いいわよ、別に……いいから運転に集中しなさい」

ぴしゃりと言われて、純一は背筋を伸ばした。

ラブホテルに着いたのは、十八時四十五分だった。

歓楽街から一本裏に入った通りだが、クルマを停めておけそうだったので、道ばたにステーションワゴンを停めて、そこからラブホテルの入り口を監視することにした。

(ホントに来るのかな……)

複雑な気分だった。

全部、莉奈の妄想なんじゃないか。

そうであれば、平和なのだが、現実はそうではない。

(祐介、なんで浮気なんか……あんな美人の奥さんがいるのに……)

せっかく新築の一戸建てを建てて、これから何年も一緒に暮らそうとしてたのではないのか。

ぼんやり前を見ていると、見覚えのある顔が本当にやってきて身を乗り出す。

「あれなの？」

希美が訊いてきた。

「は、はい。やばっ……ス、スマホ……」

レンズを向ける。

祐介は見たこともないような緊張した顔つきで周囲を警戒している。

それはそうだろう。

妻と離婚でもめている最中に、浮気相手と会っているんだから。

純一はスマホを構え、気づかれないように慎重に撮影した。

「撮れた？」

希美が訊いてきて、すぐにデータを確認してみた。

祐介の表情まではっきり映っている。浮気相手はうつむき加減だったが、それでも顔は確認できる。

「いいんじゃないの。これであとは出るところね。いつ出てくるかわからないから、ここで待つしかないわね」

隣に座る希美は、経験者らしく落ち着きはらっている。

それにしてもショックだった。

祐介は本当に浮気していたのだ。

「ちょっと。大丈夫？」

と、希美が心配そうな顔を見せてきた。

「大丈夫です……」

「しゃんしゃんの定食ね」

希美が言い出して、一瞬なんのことかわからなかったが、いつも行く会社の近所の中華屋のことだとわかった。御礼として奢《おご》れと言っているらしい。

「いいですよ、もちろん。こんなことに付き合わせてるんだし。安いもんです」

「あらそう。じゃあ、餃子《ぎょうざ》もつけてね」

希美がクスッと笑った。

つられて、純一も笑ってしまう。

(僕が落ち込んでるから、元気づけてくれたのかな?)

希美はクールに見えて、情に厚い人のような気がした。

「あの……」

「ん？　なあに」

「どうして浮気なんてするんでしょうね」

訊くと、希美が顔を曇らせた。

浮気された女性に訊くのは、酷な質問だったなと思っていると、

「寂しいからでしょ」

彼女はあっさり言った。

「女って、寂しそうな男を見るとグッとくるのよ。あなたも今、十分寂しそうよ。チャンスなんじゃないの？」

「チャンス……でも、友達と別れたばかりの彼女に、すぐにいっていいものかどうか」

「体裁《ていさい》なんかどうでもいいじゃないの。正直になれば」

「正直ですか……」

会話をしているうちに二時間ほどが過ぎた。そろそろ出てくる頃だと思い、ホテルの出入り口にスマホを向け、動画撮影しながら待つ。するとすぐに祐介が出てくるのが見えた。

浮気相手も一緒。二時間のご休憩。十分な証拠だ。

純一がスマホの画面越しに二人の動きを追おうとしたときだ。

ふいに祐介がこちらを見た気がして、慌てて顔をうつむかせた。

「ねえ、あなたのお友達、近づいてくるわよ」

隣で希美が小声で言う。まずい。見られたか……。

まさかこのままクルマを出すわけにもいかないし、ずっとうつむいてるわけにもいかない。

（やばいな……まいったな……）

どうしようかと思っていたときだった。

「聞こえる？　春日くん、顔を上げてこっちを向いて」

希美が小声で言う。

「で、でも……」

「いいから早く」

何か策があるんだろうか。思い切って助手席の方に顔を向けたときだ。

「んっ！」

右頬を手で覆われるや、柔らかいものが唇を塞《ふさ》いできて、純一はパニックになった。

何が起こったのかわからない。

だが……甘ったるい匂いと、さらさらした髪が頬に触れる感触で、ようやく何をされているのかわかった。

（キ、キスっ！　谷川さんとキスしてるっ）

なぜ、いきなり？
頭の中で「？」がぐるぐると回っている。
一気に汗が噴き出した。
キスしてる。僕のこと好きなのか。そんなわけないだろう。
そのうちに彼女がすっと唇を離してから周囲を見まわした。
「行ったわね。うまくごまかせたわ」
言われて純一もきょろきょろすると、祐介の姿はもうどこにもなかった。
そうか、恋人のふりをして顔を隠してくれたのか。
「ありがとうございます。助かりました」
「いいのよ、別に」
と言いつつも、彼女は少し顔を赤らめていた。
（ん？　待てよ……キスするふりだけでよかったんだよな）
かあっと顔が熱くなる。
なんでキスしたんだ？　なぜだ？
狼狽えたまま、希美を見る。
彼女は伏し目がちに、ぽつりと言った。

「……さっき言ったでしょう？　女は寂しそうな男を見るとグッとくるって……」

ハッとした。

切れ長の目がいつもより潤んでいる。

ふと下を見れば、助手席の希美はこちらに膝を向けて喋っていて、きわどくズリあがったタイトスカートから、太ももはおろか、その奥まで見えそうになっている。

思わず、唾を飲み込んだ。

瓜実顔の美貌が、また近づいてくる。

（え？　え？）

ドキドキしている間に、またキスをされた。

今度は希美の意図的なキスだ。

（し、信じられない……）

しなやかで長く細い指が、純一の頬を優しく撫《な》でて、唇のあわいに舌を滑り込ませてくる。

「んんン……」

悩ましい声を漏らしながら、ねろん、ねろんと口の中を舐め回してきた。

（うわ……！）

普段のクールな印象とは正反対だった。

からみつくような濃厚なキスで、甘い匂いと温かい唾がとろけて混ざり、純一はいやがおうにも夢中になっていく。

会社の上司だぞ、いいのか？

明日からどんな顔して一緒に働けばいいんだ？

だが……希美のねっとりしたディープキスにうっとりしていると、そんな不安も消えてしまい、純一も夢中で舌を伸ばして希美の口内をまさぐった。

「んううんっ……んんっ……んっ……んっ……」

希美が悩ましく漏らす吐息と、ねちゃ、ねちゃ、と唾のからみ合う音が、淫靡な響きで耳に届く。

（ああ、温かくてぬるぬるしてる……それに、甘い……）

舌の動きがいやらしかった。

香水の混じった柔肌の匂いも抱きついてくる指も、すべてがエロくて、もう止まらなかった。

濃厚なベロチューをしながら、希美のジャケットの中に手を差し入れ、白いブラウスごと魅惑のふくらみを揉み上げる。

「んふっ……」

希美がわずかに呻《うめ》いて、すっと手を伸ばし、作業着のズボンのふくらみに触れてきた。

触り方がやけにいやらしく、ズボンの上からでも竿の部分をつまんだり、全体を撫でてみたり、まるで純一のペニスのサイズを測っているようだ。

(ああ、まさか谷川さんが……僕の勃起を触ってくれるなんて……しかも、エロいぞ、手つきが……)

負けじと、巨大な胸のふくらみを揉みしだいた。

ずっしりした重さを感じつつ、捏《こ》ねるようにすると、

「んっ……あっ……あっ……」

希美はキスをほどき、純一の肩のあたりにしなだれかかってきた。

それでも純一のふくらみをさすり続けている。

(社用車の中で、イチャイチャの触り合いをするなんて)

背徳感を覚えつつ歯止めがきかなくなった純一は、右手をおっぱいから大きな

尻へと伸ばす。

（お尻も大きいっ。パンツスーツのときなんか、いつもピタパンだもんな）

何度このデカ尻に、あらぬ妄想をかきたてられたことか。

夢心地でうっとりしながら、右手を希美の太ももへと移動し、優しく撫でながらタイトミニスカートの中に侵入させた。

「あんっ……」

希美がセクシーな声を漏らして、濡れた目で見つめてくる。

「いやらしいのね、ウフッ」

またキスされた。

クールビューティはこんなにも淫らだったのかと興奮しつつ、ストッキング越しのムチムチしたヒップを撫で回す。

「ん……う……ああんっ、エッチ……いやらしいっ、いやらしいわっ……ああんっ、だめっ……」

希美がいやらしく腰を揺する。

盛り上がってきたそのときだ。窓の外から覗いている男がいた。

（やばっ……繁華街だった）

慌てて手を引っ込めて、希美に訊く。

「谷川さん……移動していいですか？」

おずおずと言うと、希美もハッとして純一から離れ、

「いいわよ、行って」

と、すました顔で返してくるが、恥ずかしそうに顔を赤らめているのが、なんとも愛らしかった。

3

ステーションワゴンを静かな公園の横に停めて、ふたりで後部座席に移動した。

すぐそばにラブホテルがあったのだが、なんとなく社用車の狭い中で、社員同士抱き合うのが、淫靡な雰囲気があって燃えると思ったのだ。

希美もそれを感じ取ったようで、何も言わずに後部座席で仰向けになり、純一を受け入れて唇を重ねた。

「んんっ……」

希美は両手を純一の背中にまわしてきて、抱きしめながら濡れた舌を差し入れ

てくる。

純一も昂ぶりながら、息苦しくなるほど唇を強く吸い、舌を、ぴちゃ、ぴちゃ、と音を立てながら、からませていくと、

「んふっ……んふぅんっ……」

と、希美はいよいよセクシーな声を漏らして、身体をよじらせる。

（全身が疼いてる。かなり欲求不満なんだな……）

すらりとして上背《うわぜい》があり、おっぱいやお尻は、すさまじいボリューム。三十六歳の女盛りで独り身なのだから、この身体を持て余していたに違いない。

（グラマーだな、谷川さん……）

純一は希美のジャケットを脱がせ、震える手でブラウスのボタンを外して前を開いた。

（のわっ……）

巨大なベージュのブラジャーに、純一は目を奪われた。

こんな大きなブラ、見たことない！

そう思わせるほど大きなカップを目の当たりにして、そのふくらみに顔を押しつけ、希美の背中に両手をまわしてホックを外した。

「ああんっ……」

ブラが緩み、希美がわずかに恥じらい声をあげる。

純一はもう声も出なかった。

鏡餅以上の大きさのおっぱいが眼前にあった。あまりに大きすぎて、視界からハミ出してしまいそうだ。誇張ではなく小玉スイカくらいあるだろう。

「むうう……」

純一は鼻息を荒くして、片乳を裾野からすくい上げていく。

（おっぱいが、お、重いっ）

信じられない量感だった。

そして、とろけるようにもっちりしていて、手のひらに吸いつくような揉みごたえもたまらない。揉めば指の抵抗がなく、どこまでも沈み込んでいく。

「んんっ……ああんっ……」

希美が早くも身をよじらせ始めた。

ずっと独り身だった欲情を隠しきれず、眉間に刻まれた悩ましい縦ジワが激しい興奮を伝えてくる。

たわわなバストを揉みしだきながら、乳首をつまみ上げると、

「くううう！」

希美は腰を浮かし、後部ドアに頭がつくほどのけぞった。

「ああ……だめっ……だめっ……」

ゆるゆると乳首をいじっていると、それだけで希美は、汗で濡れ光る顔をせり上げて下腹部をよじらせる。

タイトスカートの裾がズリあがってパンティが見えていた。

純一は夢中になって、女上司のパンプスを脱がせ、下半身に張りついているパンストとベージュのパンティを一気に爪先から抜き取った。

（ああ、谷川さんの……お、おまんこだ……）

恥毛は手入れしているのか、整えられていた。

スカートも脱がせて下半身をすっぽんぽんにし、さらに白いブラウスも剝ぎ取って全裸にすると、社用車の後部座席に、むせ返るような色香を匂わせる、グラマーボディが浮かび上がった。

（すげえ、すげえ身体だ）

ここのところ、立て続けに美女たちと関係を持っているが、スタイルのよさはおそらく希美が一番だ。

一刻も早くその抱き心地を味わいたい。純一も急いで作業着を脱ぎ飛ばして、パンツを下ろした。

もうイチモツが臍《へそ》に付きそうで、先端はぬらぬらと濡れている。

それを隠すことなく、希美の両脚の間に右脚を差し入れて、太ももを股間にこすりつけてやる。

（ぬおおっ、なんだこの肌……すべすべだよっ）

からみつきながら、素肌をこすりつけ合っていると、それだけでうっとりして射精してしまいそうになる。

「ああん……エッチね……春日くんっ……こんなにいやらしいなんて」

希美が欲情にとろけた顔を見せてきた。

「くうう……だって、たまりませんよ、このボディ……いつも会社で見るたびに、いいなあって目に焼き付けて……」

そこまで言って、希美が切れ長の目を細めてきた。

「焼き付けて？　なあに、いつも私のこと、どうしてるのかしら」

希美の長い指が純一の髪の毛にすっと入り、撫でつけてくる。

（ああ……き、気持ちいい……）

まるで恋人同士のようだ。

もう何も考えられない。

「や、焼き付けて……ひとりで……その……夜とか……」

「私を思い出して、シタこともあったの？」

ウフフと笑われると、カアッと顔が熱くなる。

「だからこんなにカチカチなのね……」

希美が淫靡な目つきを向けてきた。

欲情を隠さないエロティックな表情に、純一の興奮はますます募《つの》る。

「な、なりますよ、それは」

そう答えつつ、太もも で希美の剝き出しの股間をこすってやる。

「やんっ」

女上司が可愛い声を出して、ビクッとした。

もっと欲情させてやると、純一はさらにぴたりと身体を密着させて、女上司の股間をさらにこすり上げた。

「あっ……あっ……」

希美の身体が震えて、息づかいが乱れ始める。

ぐにゃりとした柔肉を太ももでこすっていると、すぐに太ももがぬるぬるしてきた。

（濡れてきたっ……）

ハッとして、女上司の顔を覗くと、

「やだっ……」

と、顔をそむけて切れ長の目をギュッとつむった。

大胆で淫らな希美であっても、愛液を垂らしたのを確認されるのは恥ずかしいらしい。

その恥じらう姿を見て、猛烈に昂ぶった。

さらに大胆に身体を密着させ、勃起を素股のようにワレ目にこすりつけてやる。

「ああん……やんっ……」

希美は恥じらいながらも腰を動かしてきた。

欲しがっているのを知りながら、焦《じ》らしてやりたかった。

すました美女に欲しいと言わせてみたいと素肌をこすり合わせて、ぬるぬるした怒張《どちょう》で股間を何度もなぶると、希美がとろけた顔で見つめてくる。

「……意外にイジワルなのね、春日くんって」

「どうしました？」

わざとこしゃくなことを言い、ニヤニヤする。

こんな高めの女性とのエッチでもイニシアチブをとれているのは、おそらく女性に慣れてきたからだろう。

うまくなった、なんてうぬぼれはないが、セックスを楽しむ余裕が身についたのは間違いない。

「ンフッ……そういうこと言うのね」

希美は甘えるように抱きついてきて、激しく舌をからめてくる。

クチュ、クチュ、といやらしいキスの音が耳の奥に響くと、さらに勃起してしまう。

「うふっ……ビクビクしてるわ……」

キスの途中で、希美が耳元でささやいた。

同時にギュッと勃起をつかまれて、ゆるゆるとシゴいてくる。

「んっ！」

小さく呻いたが、その口をまたキスで塞がれる。

（んあっ……ずっとキスされてる……エロいっ）

キスが好きなのは、甘えたがりでさみしがり屋だと聞いたことがある。

それに加えてだ。

「うぐぐ……」

シゴく手が勃起の先端にたどり着き、敏感な鈴口《すずぐち》を指でくにくにといじってくるのだ。

甘い電流が下腹部に走り、もう口づけをしていられないほど震えてしまう。

（谷川さんがこんなに積極的だなんて……）

クールな美貌からは想像もつかなかったエロい顔をして、希美は上目遣いに甘えたような目を向けてくる。

「私にイジワルなことを、しかけてくるなんて……ウフフ」

キスをほどいた希美は純一の身体から離れ、前席と後部座席の間にしゃがみ込んで、男根を咥《くわ》えた。

「おお……ッ」

生温かい粘膜に敏感な性器が包まれ、純一は後部座席にもたれたまま、大きくのけぞった。

(た、谷川さんにチンポを咥えられてっ……)

ぬるぬるした口内が気持ちよかったのはもちろんだ。

だが、いつも会社で顔を合わせている女上司が、股間にしゃがんで性器をおしゃぶりしている光景に、なんともいえない愉悦を感じる。

「むうふ……んん……」

希美は咥えながら、頬をバラ色に染めていた。

彼女も恥ずかしがっていた。

部下のチンポをおしゃぶりするなんて、プライドの高そうな彼女なら、ガマンできないところだと思う。

それでも、舐めたかったのだろう。

「んっ……ん……ん……」

彼女は羞恥や照れを隠すように、深く咥え込んで舌を使ってきた。

口内でねろねろと亀頭を舐めては、ゆっくりと唇をスライドさせて、ぷくっとした瑞々しい唇で甘く表皮を締めてくる。

さらには唇をすべらせ、根元から切っ先までをしゃぶってきた。

「くぅっ！」

あまりに気持ちよくて、目を閉じそうになってしまう。

さらには勃起を吐き出すと、今度は舌を使って裏筋をツゥーッと舐め上げられた。

男根の芯が痺れ、ふわっとした高揚感が身体を貫いた。

(や……やばいっ!)

純一は慌てて両手で希美の肩をつかみ、ペニスから離れさせた。

「ンフフ……どうしたの? 出ちゃいそうだった?」

そう訊いてくる希美の切れ長の目が、イタズラっぽい輝きを放っている。

「ええ……も、もう、やばかったですよ」

素直に言うと、希美は満足げな笑みを見せる。こちらも責めたくなってきた。

「僕も舐めて、いいですか?」

「えっ……」

希美の顔がわずかに引《ひ》き攣《つ》った。

「いえ、させてくださいっ」

純一は女上司の返答を待たず、希美と場所を入れ替わって素っ裸のまま仰向けにさせて脚を開かせようとした。

だが狭すぎて難しいので、そのまま希美の腰を持ち上げて、まんぐり返しの格好にした。これなら狭い車内でもクンニできる。

「ちょっと、何をするのっ、やめてっ！」

開いた脚の真ん中から、希美が真っ赤な顔をして睨んでくる。

「狭いから、普通にできなくて、すみません」

言いながら女上司の恥部を眺めた。

にわとりのとさかのようなビラビラは大きく、うっすら開いた亀裂はすでに愛液でぐっしょり濡れている。

（元人妻にしては、キレイなもんだなあ……）

匂いも、そこまで強くない。人によって匂いは違うんだなあと思いつつ、舌を伸ばした。

「ああっ、やめてっ……やめなさいっ」

希美が手で恥部を隠そうとしたので、それを無理に剝《は》がして、ねろねろと舐め上げた。

「ああああっ……！」

ほんのひと舐めしただけで、まんぐり返しの希美は腰を震わせる。

「そんなに感じるなんて……ホントに久しぶりなんですね」

濡れきったおまんこ越しに見る女上司の顔は、つらそうに歪みきっていた。

(まんぐり返しって……表情を見ながらクンニできるから、最高だなっ)

ちらちらと希美の顔を見ながら、ワレ目に舌を這わせていると、

「くううう……ううっ」

と、希美は顔をのけぞらせて、ハアハアと息を荒らげる。

(いいぞ、余裕がなくなってきた)

もっと余裕をなくしてやろうと、舌先でピンクの花びらをめくり、膣穴に舌を差し込み、ぬぷぬぷと出し入れした。

「はああっ！　あああ……」

希美は泣き顔になってイヤイヤする。

だが、愛液はしとどにあふれてきて開いた両脚が震えている。

股の間から見える希美が、泣き出しそうな顔をしている。

純一はニヤリと笑い、女上司と視線を合わせつつ、舌をすぼめ、女肉の上部のクリトリスを軽くつついた。

「ああっ……！」

希美が驚愕に目を見開き、腰をビクッと跳ね上げる。

大きな乳房が揺れ弾み、全身がガクガクと震えて、耳まで真っ赤にして身悶えている。

想像以上の感じっぷりにますます気を良くし、さらにはクリトリスを口に含み、じゅるっと吸い出すと、

「あっ……あっ……そこだめっ……！」

希美がビクッ、と大きく腰を揺すり、次の瞬間にぐったりした。

4

「あんっ……ねえ……ちょうだい」

希美がハアハアと息を弾ませながら、いよいよ切実な目を向けてきた。

こちらももう限界だった。

「じゃあ、谷川さん……その……四つん這いになってお尻を向けてください」

「えっ……四つん這い？」

希美が眉を曇らせる。

「いや、その……狭くて、正常位とか無理だと思うんで、騎乗位でも頭をぶつけ

そうだし……」

おずおずと言うと、希美は何か言いたそうな顔をした。

だが最終的には、女上司はこちらに尻を向け、四つん這いになってくれた。

(おおっ……すげえな……すげえお尻だ……)

突き出してくる尻の丸みに、純一は猛烈に昂ぶった。

逆ハート型のむっちりしたヒップは、くびれた腰から横に一気に広がって、まるで視界の外に出てしまいそうな、巨尻である。

焦る気持ちを抑えつつ、勃起を女の狭間に押しつけた。

ぐっしょり濡れた女園に亀頭を押し進めていくと、ズブズブと小さな穴を押し広げて侵入していく。

「あああ……お、大きいっ!」

希美が背をそらせながら叫び、肩越しに切なげな顔を見せてきた。

潤みきった目が、挿入でとろけきって牝の表情を見せている。

さらにバックから押し込むと、あまりの気持ちよさに、純一も目頭を熱くさせてしまう。

希美の膣内は熱く、肉襞がカリのくびれに吸いついてくる。

驚くほどの密着度に、純一は腰を押しつけながら、

「むううう」

と唸った。

（一気に奥まで入ったぞ……）

切っ先がとろけそうなほど気持ちいい。

たまらずに腰を動かせば、

「ああああっ……あっ……あっ……お、奥に、奥に当たってる……」

希美が感極まった声を漏らす。

やはりだ。奥まで届いているのだ。

（やっぱ大きいのかな……）

うれしくなって突いていると、

「ま、待って……」

希美が肩越しに振り向いて、戸惑う顔を見せてきた。

「は、はいっ？」

純一は腰を動かすのをやめた。すると、どこかで人の笑い声がした。

「いるのよ、公園の入り口に……人が……」

希美が窓から指差した暗がりに、ぼんやりと人影があった。

「かなり遠いですよ。大丈夫です」

「で、でも……あっ、あんっ……だめっ……」

女上司が狼狽えた声を放つ。

純一がストロークを再開したからだ。

（でも、あまり激しくすると、クルマがギシギシって揺れるな……）

ならばスローピストンだ。

じんわりと馴染むように、ゆっくりと出し入れすると、

「ああんっ……だめっ……そんなにじんわり出し入れしないでっ。声が、声が出ちゃうからっ、んんんっ」

希美が左手を窓につき、右手で自分の口を塞いだ。

どうやらスローピストンが、希美には気持ちいいらしい。ちょうどいいやと静かに、じっくりと腰を動かすと、

「んんっ……んんっ……」

漏れ出す声を手で押さえつつ、肩越しに恨めしげな目を向けてくる。

「大丈夫です。離れていますから」

となだめるも、気づいて近くに来られたら、おっぱい丸出しでバックから犯されている美人の痴態を見られてしまうだろう。

そんなことを考えていたら、申し訳ないが燃えた。

純一は歯を食いしばり、さらに突き入れる。

「い、いやっ、だめよっ……そんなにしたら、あううんっ」

もう黙ることができないほど感じてしまっているのか、希美が泣きながら顔をうつむかせる。

しかし、いやと言いつつも、こちらにもっと尻を突き出してきた。

「だめって言われても、お尻が動いてますっ」

「そ、そんなことしてないわよっ……あっ……だめっ……あっ……あっ……」

じっくりと膣に馴染ませるようなファックも、これはこれで気持ちよかった。

希美もよかったのだろう。

ぐりんぐりんとゆっくりと腰を回せば、

「あううう……いやああっ……」

と、狼狽えながらも、ヒップがくいくいと動いて根元まで揺さぶってくる。

恥ずかしいのに、気持ちよくてたまらない。

そんな表情と腰の動きが、ますます純一の興奮に火をつける。

気がつけば、もうクルマが揺れるのもかまわず女上司の腰を持ち、パンパン、パンパンとバックから連打を繰り返していた。

さらに両手を伸ばして、背後からたわわなバストを揉みしだき、尖った乳首をつまみ上げると、

「ああんっ……はああんっ……いいっ、いいわっ……はああんっ」

希美はもう見られるリスクも忘れ、もっと欲しいと激しく尻をこちらに押しつけてくる。

見事な腰振りに呼応して、純一もさらに突き入れれば、

「ああん、ああん、だめぇぇ、おかしくなるっ、イクッ……イク……」

ぬちゃ、ぬちゃっ、と粘っこい淫汁の音が激しくなり、ますます腰振りのペースがあがっていく。

(ああ谷川さんが、こんなにスケベな女だったなんて……)

厳しいが優しい人だ。尊敬できる人だ。そんな希美を犯したかった。

背後からギュッと抱きしめつつ、奥に激しい一撃を入れたときだった。

「ああッ、だめっ、あああッ、イクッ、ああん、イッちゃううう！」

女上司がググッと激しくのけぞった。

四つん這いのまま、腰をガクンガクンと淫らに痙攣させる。

「出るっ……あっ……くううう」

あっ、と思ったときにはもう、どうにもできずに、膣奥に熱いモノをしぶかせていた。

（しまった）

ハッとしてチンポを抜くも、すでに精液は希美の奥に放出してしまっていて、膣口からたらりと白い体液がこぼれてきた。

「す、すみませんっ」

強張った顔で謝ったが、希美はしかし、

「……いいのよ。気にしないで……」

と言って、優しくキスしてくれたのだった。

第六章　高嶺の花はセックスレス

1

次の日。

純一は、複雑な心境だった。

なにせ超がつくほどの美人でスタイル抜群の希美と、セックスしたのである。

（いやあ、しかし……よかったなあ……）

希美の裸体は夢に出てきそうなほど、素晴らしかった。普段はクールビューティだが、その乱れっぷりは淫らとしか言いようがなかった。

（だけどなあ……どんな顔して挨拶すればいいのか……）

お互い気まずいだろうし、普段通りとはいかないだろう。

そう思って出社したのだが……。

「おはよ、春日くん」

「あっ、お、お、おはようございます」

こちらばかりが緊張した。

だが、すました顔をしていても、希美の耳の後ろが真っ赤になっていることに純一は気がついた。

（やっぱり意識してるんだ）

そう思っていると、希美が珍しく片目をつぶってみせてきた。それは「あのことは秘密」という合図に思えた。

（よかったんだよな……これで……）

少しでも役に立ったなら……しばらくは気まずいだろうけど、まあいい。

「ねえねえ、純一くん、見て見てっ」

祥子が丸文字で「スタンプカード」と書かれた小さなカードを見せてきた。

「なんですか、それ」

「メンテ一回ごとにスタンプ押して十個貯まったら、これあげるの」

机の引き出しを開けて取り出したのは、〈みつともホーム〉が去年の住宅フェアでつくった、オリジナルキャラのぬいぐるみだ。

「たてるぞう」という象のキャラクターだが、あまり可愛くないのと、だじゃれがつまらないという理由で不評だった。

「まだあったんですか、それ」

「あるのよねえ、在庫がたくさん。ほら、最近、大阪万博とかで気持ち悪いキャラが流行っているでしょう？　これもありかと思って」

「でも一年点検で十個貯めるまで十年かかりますよ。二年メンテだと二十年」

「そっかあ。紙だとボロボロになるね。ラミネート加工とかしないと」

そういう問題ではない気がするが、アフターサービス課が活気づいてきたのは、いいことだ。

「あれえ？」

背後から川辺が、おかしな声を出してきた。

「部屋の模様替えでもしたのかなあ。春日くん、女運が落ちたみたい」

「は？　えーと……そうですかねえ」

昨日、希美と関係を持ったばかりだ。

よく当たる風水マニアもたまには外れるらしい。

「確かに観葉植物はズラしましたけど……」

「じゃあフィーバー終了かなあ。だいぶいい思いしたでしょ？」

ドキッとした。やはりこの人は侮《あなど》れない。

「へえ、純一くん、そうなんだあ。へええ。ズルい、私以外の女に」

祥子がむくれた。

「誤解されるようなこと言わないでください。なんもないじゃないですか」

「なんすか、キャバクラでモテたとか、そういうヤツっすか」

高宮も女の話になると、話に割り込んでくる。

「でもさあ、春日くん。真面目に考える時期にきてるみたいよ、人生のこと」

川辺がもはや占い師みたいなことを言い出した。

（真面目に考える時期ねえ）

祐介の浮気現場を押さえたから、もう莉奈は離婚するだろう。

その後釜を狙って……でも、それでいいのだろうか。

「川辺さん、俺の女運ってどうっすか？」

高宮がはしゃいで言うと、

「全然ダメ」

あっさり言われて、がっくりと肩を落とす。

「おい、春日っ」

田所課長が、怖い顔をしてデスクから呼んでいる。

また怒られるのか、と思ったら、分厚いファイルを渡された。

「池袋《いけぶくろ》の菅《すが》さんの資料だ。知ってるだろう、いくつもマンションを持ってる」

「ええ、知ってます」

「菅さんの自宅のメンテが入ってる。おまえが担当しろ」

「え？　重要な顧客じゃないですか。どうして僕なんかに」

「余計な詮索《せんさく》はいらん。近藤が任せると言ってきた」

「近藤さんが？」

振り向いて近藤を見るも、彼はこちらをチラッと見てから、いつものように面白くなさそうにパソコンの画面を見つめていた。

「わかりました」

「頼むぞ」

田所がフッと笑う。

どうやら誠実に仕事に向き合ってれば信頼されるらしい。

家は、まさに人の人生とともにあるものだ。つまり、そこに住む人を長期間サポートするのと同じ。面白い仕事ではないかと素直に思う。

（家ねえ……）

ふいに莉奈のことを思った。

（新築離婚……か）

あの家は、そして莉奈は、どうなるんだろう。

2

数日後、純一が撮影したラブホテルの動画が決定的な証拠となり、裁判までいたらずに莉奈と祐介は離婚することになった。財産分与等で、祐介が莉奈の条件をすべて呑んだのは、せめてもの罪滅ぼしだったのだろう。

（バカだな、あいつ）

祐介と普通に話ができるようになるのは、当分先になる気がした。

そんな中、夜遅くに莉奈からスマホに連絡があった。

池袋のバーで飲んでるから、出てこないかというものだった。

もちろん莉奈に誘われたら、何があっても行くつもりだったが、いつもより莉奈のテンションが高く、酔っていたのが気になった。

店の名前を教えてもらい、ジャケットを羽織ってすぐに出かけた。自宅マンシヨンからタクシーで十分ほどのところである。

タクシーを降りて、地下に通じる階段を降りていくと、木製のドアがあった。

そこを開けて中に入る。

こぢんまりしていて、雰囲気のあるバーだ。

客は数人。マスターがカウンターの中でグラスを磨いている。

莉奈はカウンターの奥に座っていた。

純一を見つけると、勢いよく手を振ってくる。

（ああ、可愛いな、ホントに……）

高いスツールに腰掛けてグラスを傾けている莉奈は、少し濃いめのメイクをしているからか、大人っぽくて雰囲気のあるこの店に馴染《なじ》んでいた。

黒のノースリーブニットに、タイトミニという格好で、セミロングの栗色の髪を伏し目がちにかきあげている仕草なんか、女優さんみたいだ。

「ごめんね、こんな時間に呼び出して」

「いや、いいよ」

改めて、莉奈のあまりの美しさに見惚れてしまった。

大人の色気と少女の可愛らしさが同居している、神々しいまでの美人だ。

「と、隣でいいのかな」

思わず、かしこまって訊いてしまった。莉奈がクスッと愛らしく笑う。

「もちろんいいわよ。変な純一くん」

座りながら、あれっと思った。

春日くん、ではなくて、純一くん、と言った。酔っているからからかなとも思ったけれど、うれしいからそのままにしておく。

スツールに座ると、莉奈がまるで恋人同士のように身体を寄せてきた。

「メニューこれ。何飲む？」

剝き出しの二の腕が、ぴたりとくっついてきた。

それになんともいえない、甘い匂いも漂ってくる。

「ん？」

上目遣いに見つめられて、ドキドキした。

（あれだ……千年にひとりとか言われてる、あの大きな目の女優に似てるんだ）

視線を下に向けると、サクランボのような赤い唇が目に入る。

（キスしたし、この唇でフェラしてもらったんだよな……）

それを思い出して、落ち着かなくなってきた。当然だ。

「なあに、どうしたのよ？」

莉奈が唇を尖らせる。目の周りが赤く染まっていた。

呼気にアルコールの甘い匂いが入っている。かなり酔っているようだ。

「い、いや、別に……」

「そうだわ……ちゃんとお礼を言ってなかったわ。ありがとう」

純一のビールがきて、乾杯しながら莉奈が微笑む。

「ああ……あの動画か……うん」

正直、あまり話したくなかった。祐介に腹を立てていたからだ。

「ごめんね、いやな役をさせちゃって。でも、どうしても……浮気したことを認めさせたかったの」

莉奈は寂しそうな顔を見せながら、続けた。

「慰謝料なんか別に欲しくなかったの。したことだけ認めてくれれば……」

莉奈がグラスを呷《あお》る。

純一もビールを喉に流し込む。

「それで、あの家は？　どうするんだ？」

気になることを訊いた。

「ローンはね、向こうが払ってたから、向こうの物かなと思ってたんだけど……」

　莉奈はグラスを傾けて続ける。

「でも……私は、あの家が好きだったし……慰謝料はいらないから、あの家が欲しいって言ったの」

「えっ……でも、つらくないか？」

　元の旦那との思い出の家に住む、というのはあまり聞いたことがない。

（もしかして……莉奈はまだ……）

　未練があるんじゃないかと、ふと思った。

　そうでなければ、違うところに住んで、新しい生活を始めたいと思うはずだ。

「だったら売った方が、いいんじゃないか？」

　純一は素直に言った。

「……メンテナンスの担当としては、仕事がなくなっちゃうわよ」

「そういう打算はないよ」

　そこまで言って、ふいに希美の言葉が頭をよぎった。

「家は単なる箱さ。大切なのは、そこでどうやって暮らすかってことさ。僕はそれを手伝いたいだけなんだ」

口に出してみて、希美はこんなことを言いたかったんじゃないかと思った。家という箱を売るんじゃない、そこで暮らす幸せを売るんだ。

莉奈は「うん……」と静かに頷いて、また身体を寄せてきた。

しばらくそうしてふたりで飲んでいると、

「あ、もうこんな時間……ごめんね、純一くん。付き合わせちゃって」

莉奈が腕時計を見て、慌てた様子を見せた。

「あ、いいよ。ウチはタクシーで数分の距離だし。それより莉奈は……」

「うん、もうすぐ終電……」

スツールから降りたとき、莉奈がふらついた。

慌てて腰を支えると豊満な胸元を身体に感じた。

華奢で細身なのに、おっぱいだけは大きい。その柔らかなふくらみをニットとブラジャー越しにしっかり感じた。鼓動が一気に速くなる。

「……ごめんね、ちょっと酔ったみたい」

「大丈夫か」

少し前屈みになった莉奈は、ニットの胸元が開いて、乳房の谷間が覗いた。白いふくらみが、ムギュッと中央に寄っている。

もちろん興奮したが、それに加えてブラが派手な紫色だったことに、思わずハッとなった。

（えっ！　む、紫の下着？　莉奈ってこんな派手な下着をつけてるんだっ）

もしかして、勝負下着ってヤツじゃないのか？

となると、抱かれることも期待して、呼び出したのではないか？

一気に気持ちがムラムラしてきた。

会計を済ませて、店の外に出る。

コートを羽織って、パンプスを履いた莉奈は、清楚で可憐なお嬢様だった。美しかった。

まだ足下がおぼつかなくて、純一は莉奈の腰を支える。

莉奈の表情を見ると、瞳が潤んでいた。

「……莉奈っ……」

そのまま唇を押しつけた。

アルコール混じりの甘い呼気とともに、ぬらりとした舌が入ってきた。

（えっ！　り、莉奈っ……莉奈から舌を……）

思わず舌をからめた。

「ううんっ……ううん……」

と悩ましい鼻声を漏らしつつ、ベロチューをしてしまう。

莉奈はしかし、すぐに唇を離し、

「ごめんね……」

とだけ言って、階段をふらつく足取りで上っていく。

(もし終電をのがしたら……)

莉奈の家は池袋からかなりの距離がある。倹約家の莉奈はタクシーには乗らないだろう。

ホテルに泊まるか?

いや、一番簡単なのは純一のマンションである。

莉奈も純一のマンションが近いのはわかっている。そして、家までかなり遠いのに、ギリギリまで終電を気にする素振りを見せなかった。

(これは……僕のマンションに泊まる……そんな成り行きでもいいと、莉奈も思っているんじゃないのか?)

キスも拒まなかったどころか、舌を入れてきた。

勝負下着なのかはわからないが、とにかく派手な下着をつけている。ヤレるかもしれない……。

だけど葛藤《かっとう》があった。まだ未練がありそうなバツイチの同級生の寂しさに、このまつけこんでいいものだろうか？

悩みながら駅に向かうが、少し歩いたところで莉奈は、

「あっ、だめだわ……もう間に合わない……」

と、腕時計を見ながら、ため息をつくのだった。

3

終電の時間を過ぎてしまった。純一は頭をフル回転させた。

「タ、タクシー拾おうか、どうする？」

声が裏返った。

「うん……でも……」

莉奈はうつむいたまま、あまり気乗りしない返事をした。

「ウチが近いけど……、泊まるか？」

友達に言うように軽く言ったつもりだ。だけど、莉奈は純一の好意を知ってい

る。茶番もいいところだ。

「お邪魔じゃない？　私の寝る場所、あるのかしら」

あくまで莉奈も女友達の装《よそお》いだ。

「あ、あるよ、大丈夫だよ、それくらい」

あはは、と笑いながらも、心臓が痛いくらいに高鳴った。

いけない、と思う気持ちが、莉奈のふくよかな胸やムッチリした太ももを見ていると薄れていく。

（あ、あのときの続きが……できるのか……）

フェラされただけでも、いい思い出だった。

あれで終わりだ、と自分に言い聞かせても、最後までしたかったという未練も残っている。

タクシーをつかまえて、ふたりで乗り込んだ。

わずか十分の距離が、気が遠くなるほど永遠に感じられた。

ちらりと隣に座る莉奈を見る。

緊張しているのか、さかんにタイトスカートの裾を引っ張っていた。

（莉奈とついに……）

甘酸っぱい思い出が、よみがえってくる。高校時代に恋い焦がれた人だ。

と同時に、フェラチオされた日のことも思い出して、身体が熱くなる。

「ホントに近いんだね」

タクシーから降りて、マンションの中に入りながら莉奈が言う。

「会社からはちょっとあるけどな。でも、安いんだぜ……知り合いの不動産屋に頼み込んで、いい物件をまわしてもらったんだ」

「ふうん……」

エレベーターに乗ってる間も、ふたりの間に微妙な空気が流れている。

しかしだ。部屋に入ってコートを脱ぐと、莉奈の顔が強張った。

ソファとテーブルの簡素なリビングである。寝室は隣だ。

「私、あの……」

莉奈の声が震えていた。寸止めされたあのときと同じ表情だ。

「……莉奈。ま、まだ……あいつのことを……」

思わず訊いてしまった。

莉奈は答えなかった。

思い切って肩を抱いて引き寄せると、

「待って……だめっ……」

と、ぱっちりした目を歪ませて、身をよじってきた。

(だめだ……あいつのことは、もう忘れるんだ……)

純一は思った。

最後の最後に優しくされたんだろうが、そんなのは男の欲に決まっている。

「莉奈っ……」

抗う莉奈を抱きしめつつ、唇を重ねた。

「ンッ……」

莉奈はくぐもった声を漏らし、全身を硬直させる。

(ああ……やっぱり、莉奈とのキス……甘いっ……未練を断ち切りたい……莉奈もその気になってるはずだ)

そのまま莉奈をカーペットの上に押し倒した。

舌をからめてベロチューにふけりつつ、ニットの上から胸のふくらみを揉む。

「んんんっ……」

莉奈は唇を奪われたまま顔をのけぞらせる。

弾力ある乳房を、もみくちゃにしていると、

「あふんっ……んんうっ……」

と、莉奈は眉根を寄せながらも、少しずつ身体の力が抜けていった。

純一はさらに柔らかな舌をしゃぶり、唾液をすすり、今度は自分の唾も流し込んでいく。

「んっ！」

莉奈はビクッとしたが、それでもいやがらずに唾液の交換に身を任せている。

(ああっ……た、たまらない……こんなエッチなキス……)

脳内がとろけそうだった。

激しく口を吸ってから、ようやく唇を離すと、

「あぁ……」

と、莉奈は仰向けのまま、ハアハアと息を喘《あえ》がせている。

瞼は半分落ちていて、瞳はぼんやりとしていた。

赤い口紅が少し剝がれて、口元は純一の唾でねっとり光っている。

欲しかった。

この愛しい人と、ひとつになりたい。

純一は身体を起こして服を脱ぎ始めた。

上半身裸になり、ズボンとパンツを引き下ろす。硬くなった男根が跳ね上がって臍に付きそうだ。

「あっ……」

莉奈が真っ赤になり、目をそむける。

イヤイヤと顔を横に振るのだが、それでも瞳が欲情に濡れているのがはっきりと見てとれた。

「莉奈……ひとつになりたいんだ。今、莉奈にこんなこと言うのは卑怯かもしれないけど、欲しいんだ」

思いの丈《たけ》を吐き出すと、莉奈は、

「うん……」

と、目をそむけながら言葉を紡《つむ》ぐ。

「私、お風呂場で……あのときも純一くんに抱かれてもいいって思ってたから、わざとエッチなイタズラしてその気にさせて……でも、結局できなかった」

莉奈は意を決したように見上げてきた。

「でも……今日は……純一くんと……好きだって言ってくれた人と、そのつもりでいたの。お願い……抱いて」

そう言うと、上体を起こした莉奈はノースリーブのニットを脱ぎ捨てた。

紫の高級そうなブラジャーに包まれた、お椀型の美乳が目の前に現れた。

「し、下着がエロいなっ……莉奈って、こんなのつけるんだな」

「ウフフ。そうよ、うれしそうね」

ようやく莉奈がいつもの愛らしい笑顔を見せる。

(ああ、笑うと目がすごく垂れて細くなる感じ……昔から好きだったんだよな)

改めて片思いのマドンナだったと懐かしむ。

もう遠慮はいらない。慈しむように、莉奈の耳の後ろや首筋を、ねろねろと舐め尽くす。

「あっ……あっ……はあんっ」

莉奈が感じた声をあげ、小さな身体をくねらせる。

(すげえ、すべすべだ……すべすべじゃないかよ……)

甘い匂いのする柔肌は、しっとりとしてシミひとつない。

続けてブラカップをズリ上げ、こぼれ落ちたバストを揉みしだく。

「あんっ……ああっ……」

素晴らしい弾力だった。いつまでも揉んでいたい美乳だ。

ツンと上向いた薄ピンクの乳首も、いたいけな莉奈によく似合っている。

「キレイだ……」

思わず見つめて言うと、

「やだ……」

と、莉奈が照れて顔をそむける。

可愛らしかった。もうこれ以上に可愛い女性はいないだろう。

すべてが欲しいと、その尖ったおっぱいの先にむしゃぶりついて、チュウッと吸いあげれば、

「ぁあ……あっ……」

と、莉奈がうわずった声を漏らし、顎をせり上げていく。

乳頭が早くも尖ってきた。

一旦しゃぶるのをやめて見れば、もうたまらないとばかりに莉奈がタイトスカートの下腹部を妖しくくねらせ、紫のパンティをチラ見せしていた。

乳首を吸い立てながら、いよいよスカートに手をかける。

ホックを手探りで外して下ろすと、ムッチリした下半身が現れる。パンストに包まれた紫のパンティの深い食い込みが、いやらしすぎた。

（ああ、ついに……っ。莉奈の恥ずかしい部分を……）

呼吸が止まりそうなほど興奮した。

アドレナリンが過剰分泌《ぶんぴつ》してるんじゃないかと思うほど昂ぶり、純一は莉奈のパンストを剝き下ろし、両脚を開かせた。

紫のパンティが丸出しになり、むわっと蒸れた匂いがする。

生々しい匂いだ。莉奈もこんなエッチな匂いをさせていると思うと興奮した。

もっと嗅ぎたいと、クロッチに鼻先を押しつける。

「あああああっ……！」

莉奈が叫んで腰をよじる。

「あんっ、純一くんっ……だめっ……だめっ……」

くんくんと嗅ぐと、莉奈がカーペットの床をずりずりと爪で引っ搔いて、大きく身悶えた。

だめと言われたら、したくなる。

いやらしい匂いを漂わせる紫のパンティ越しに、恥部をねろりと舐め上げた。

「あああんっ」

それだけで莉奈はのけぞり、ほっそりした腰をくねらせる。

さらにクロッチ越しのワレ目を舌でなぞっていくと、舌先にじわりと湿った感触があって、紫のパンティの一部に舟形のシミが浮き上がってくる。

「すごいな……もう濡らして……」

煽ると、莉奈がイヤイヤして脚を閉じようとする。

だったらと、両脚を閉じさせて、そのままヒップからパンティを剝いた。

そうして強引にもう一度脚を開かせれば、湿った茂みの奥に、真っ赤に発情したおまんこがあった。

（こ、これが……相本莉奈のおまんこ……）

学生時代の莉奈のフルネームを心の中で叫ぶと、ときめいていたあの頃の甘酸っぱい思い出がよみがえってくる。

可愛らしかった。

まるでフランス人形みたいで、掛け値なしの美少女だった。

目が大きくて、瞳が茶色で……それがハーフっぽくもあり、小柄で童顔だったから、とにかく愛らしかったのだ。

あれから八年。

二十六歳の莉奈は可愛いままに、人妻となって色気を身につけた。

今でも好きだ。大好きだった。

(僕があのマドンナの恥部を晒《さら》して眺めているなんて……)

信じられなくて身体が震えた。

だが、現実だ。もうガマンできなかった。

勃起した下腹部を、莉奈の太ももの付け根に近づけていくと、とろんとした表情だった莉奈が一気に強張った顔を見せてきた。

4

ドキドキしながら、腰をにじり寄せていく。

ブラも剝ぎ取り、生まれたままの莉奈の両脚をさらに大きく開かせて、亀頭部を濡れたワレ目に触れさせた。

莉奈は震えながら、顔をそむけて大きな目をつむっていた。

彼女の緊張が伝わってくる。

「ああ、莉奈っ……」

今、あの高嶺の花だった美少女を、自分のものにできる。

歓喜で目頭が熱くなる。

こちらも緊張しながら鎌首《かまくび》を持ち、濡れきったワレ目に押しつけると、硬くたぎったモノが莉奈の姫口を捉え、ずぶりと入っていく。

「あうぅっ……！」

莉奈が顎を上げて、大きくのけぞった。

（ああ、ついに……莉奈と……つながってる。セックスしている）

ジーンとした感動の中、熱い粘膜のうごめきを感じる。

そのまま、たぎる中に挿入していくと、

「あ、あああっ……ああ……」

彼女の愉悦の声が、部屋の中に響く。今までにない甘ったるい声だ。さらに正常位のまま、ゆっくりと押し込んでいく。

「ああ……」

莉奈はまだ目をつむったまま、眉間にシワを刻んでハアハアと喘いでいる。

「い、痛くないか？」

つらそうな顔をしているので訊くと、莉奈は首を横に振る。

「平気……ああ、でも……」

莉奈は真っ赤な顔をして、ちらっとこちらを見てから、また顔をそむけた。

「で、でもって？」

何かまずいことをしたんだろうか。

莉奈を心配の目で見つめると、彼女は目をそらしたまま、

「だめっ……み、見れないよ……あぁんっ、純一くんのが入ってるのね。私、純一くんとしてるのね、同級生と……恥ずかしいのっ」

「えっ、でも……」

祐介のことを言いそうになって、口をつぐむ。

しかし莉奈はそれを察したようで、純一を見つめて答えてくる。

「私、彼とはほとんどしてないの……だから……」

「は？　えっ？」

結婚して四年、その前から付き合っているだろうから、もっと長い時間があったというのに、ほとんどしてないとは……いったいふたりの間に何があったんだろう。

訊きたかったが、莉奈は続きを話すつもりはないらしい。

（理由はわからないけれど……だけど、それがホントだったら、つらかったんだろうな。僕が……寂しさを埋めてやる）

覆い被さっていき、莉奈を抱きしめた。

もっちりした身体もそうだが、莉奈の膣内がキュンキュンしているのをペニスで感じると、愛おしさとともにつながっているのを深く感じる。

「ああ……純一くん……」

莉奈も、しがみついてきて、どちらからともなく唇を合わせる。

「り、莉奈……っ」

キスの合間に名を呼び、ググッと奥まで挿入すると、

「ああっ、だめっ……あんっ……」

と、莉奈は唇をほどいて悩ましい声をあげる。莉奈も気持ちいいのか、膣襞が密着してくる。

(き、気持ちいい……)

快美に酔いしれながら、またキスして激しく突くと、襞は分身に吸いつきながら、奥へ奥へと引き込もうとする動きをした。

(莉奈……もっと欲しいんだな……)

意識的ではなく無意識に、本能で欲しがっているのだろう。

だったらと、もっと激しく腰を動かすと、

「ああ！　あんっ、あああんっ……」

莉奈はもっと力強く抱きしめてきて、おっぱいを押しつけてくる。

汗ばんで甘い匂いのする素肌と素肌をこすり合わせ、キスをして、奥までいっぱいに突き入れる。

最高だった。

気持ちよすぎて、たまらない。

莉奈のことも気持ちよくさせたいと、揺れ弾む乳房を握りしめると、

「あああっ……！」

彼女はひときわ大きい声をあげて、腰をうねらせる。

さらに硬くなってきた乳首を捏ねたり、ねじったり、さらには身体を丸めてチュッと吸い立てたりすれば、

「あんっ……あぁんっ、ぃ、いいっ……」

下腹部が、もっともっとというように上下に揺れる。

その欲望を貪《むさぼ》ろうとする動きが、さらに純一をかきたてる。膝を伸ばして、角度を変えて屹立を沈み込ませていく。

「あん、いいわ、はあああっ……アアアアッ」

当たる場所がよかったのか、莉奈がさらに乱れた。

ふんわりした栗色の髪は、彼女の身体の下でパアッと広がり、汗ばんだ頬や額にも張りついている。

細眉は悩ましく曲がって、瞳がうつろだった。

(感じてるっ。感じてるぞ……)

痛いほど硬くなったモノで、さらに莉奈の体内をこすり上げる。

「ああんっ、こんなのすごいっ……ああんっ、なんか、私……」

莉奈はひときわ大きくのけぞり、よがりまくる。

パンパンと肉の打擲音が鳴り響き、汗が飛び散っていた。結合部はもう汗と愛液でぐしょぐしょだ。

「いい？　気持ちいい？」

「うんっ……ああんっ、好きっ……純一くんっ、好きっ」

叫びながら莉奈が身をよじった。

(り、莉奈が、僕のことを好きって……)

至福だった。身体も脳も痺れきった。

もうどうにもならないくらい、猛烈に抜き差しすると、ぐちゅ、ぐちゅ、と淫靡な音が立ち、ペニスの表皮が媚肉にしめつけられてこすられる。

密着感が増していき、愛おしさが込みあげてくる。息を詰めてスパートする。

「ああん、だめっ、そんな……ああん、気持ちいい、私、ああん、イク……イッちゃうっ……ねえ、私、イッちゃうっ」

莉奈が涙目で見上げてきた。

と、同時に自ら腰を動かしてくる。こちらも射精しそうだった。

「ああ……こっちも出そうだ。気持ちよすぎるっ」

ハアハアと息を切らし、汗を莉奈の身体に垂らしながら抜こうとした。

そのときだ。

「あんっ、いいのっ、出して……莉奈の中にっ……」

莉奈が信じられないことを言い出し、躊躇した。しかし、

「いいの、いいのっ……ねえっ、ねえっ」

甘えるように言って、上目遣いに見つめてくる。

(責任は取る……僕は莉奈と……)

よしと、抜かずにさらにストロークした。

好きだった子に自分自身を刻みつけたい。すべてが欲しい。

奥まで突き入れたときだった。

「あぁッ……だめっ……ああんっ……イクッ……イクッ……イッちゃうぅ！」

莉奈は、がくん、がくん、と身を躍らせる。

同時に膣肉に絞られていた。

猛烈な熱さが切っ先から莉奈の子宮に向けて、しぶいていた。

「おおおっ……」

意識まで持っていかれるような、激しい射精だ。

（ああ……り、莉奈の中に……出してるっ……）

大量の精液が、莉奈の膣奥に注がれていく。

この上ない至福だった。

エピローグ

寝室のベッドで、純一は莉奈を抱きしめていた。

ふたりとも生まれたままの姿だ。

二回目はベッドに移動して、思う存分愛し合った。

莉奈は毛布から顔だけ出して、純一の胸板に頬ずりしながら、ちゅっ、ちゅっと、乳首にキスしてくる。

「くすぐったいよ」

「だってぇ……ウフフ……」

莉奈が甘えるような仕草で、じゃれついてくる。

先ほどからぴたりと身体を寄せて、ちっとも離れようとしないのだ。

「だって、何だよ？」

訊くと、莉奈は毛布の中で分身をつかんでくる。

「ウフッ……元気っ」

莉奈がイタズラっぽく見つめて、キスをしてきた。

ウェーブしたヘアが頬をかすめて、甘い匂いがまた身体を包み込んできた。

(ああ……幸せだ……)

学生時代、ずっとこうしてイチャラブしてみたかった。

「そんなに僕のを触っていたら、またしたくなっちゃうよ」

髪を撫でながら言うと、莉奈はクスッと笑った。

「いいよ。しても……」

「ていうか、欲しいから、イタズラしてきたんだろ。どうしよっかな」

「何を？」

「……イジワルっ……ねえ、してっ」

純一もニヤニヤしながらわざと尋ねると、莉奈はむくれた。

「ううっ……入れて、これを……」

「これ？」

「……うっ……オ、オチンチン……入れて……ああんっ、もうっ」

怒った莉奈にギュッと勃起を握られた。

「い、いたっ……ごめんごめんっ、僕も欲しいよ」

莉奈を仰向けにして、大きく脚を開かせてから、一気に腰を入れていく。

「ああっ！　ああっ……ああんっ」

腰を振れば、早くも莉奈は感じ入った声を漏らして、背をのけぞらせる。

「ああんっ……好きっ……好きっ……」

「僕もだ……ああ、莉奈……」

欲しかった。だが打ち込む前に、訊いておきたいことがあった。

「り、莉奈……さっき、その……祐介と、しなかったっていうのは……」

莉奈は少しつらそうな目を向けてきた。

「あっ、あん……実は……彼のお母さんが私との交際や結婚を反対しててね。彼ってお母さんの言うことに忠実だったから、母親が私としちゃいけないって言うのをずっと守ってて」

知らなかった。祐介はマザコンだったのか。

「そうなのか」

「そうよ。ねえ、あの家は……私が唯一、我を通した家よ。彼の母親に、こういう風に作りなさいって言われても反対した」

「だから、家を欲しがったのか」

謎が解けた。

（やっぱり訊かないとわからないな。家には人それぞれの思いがあるんだなあ）

売るだけでは、見えてこないものがある。

アフターサービス課にやってきて、本当によかったと心から思う。

ふいに、莉奈が上目遣いをして見つめてきた。

「ねえ……〈みつともホーム〉はメンテナンス万全なんでしょ。私の面倒も見てね」

下からギュッと抱きしめられた。

好きだ。本当に大好きだ。

「もちろん。ウチのメンテは最高だからな。なんなら、終身保証ってのをつけたいんだけど、だめかな」

まだ早すぎるかな……と思ったが、言ってしまったものは仕方がない。

だが……。

莉奈はそれに応えるように、キスしてくれたのだった。

※この作品は双葉文庫のために書き下ろされたもので、完全なフィクションです。

双葉文庫

さ-46-07

人妻《ひとづま》アフターサービス

2022年12月18日　第1刷発行

【著者】
桜井真琴《さくらいまこと》

【発行者】
箕浦克史
【発行所】
株式会社双葉社
〒162-8540 東京都新宿区東五軒町3番28号
［電話］03-5261-4818(営業部)　03-5261-4868(編集部)
www.futabasha.co.jp(双葉社の書籍・コミックが買えます)
【印刷所】
中央精版印刷株式会社
【製本所】
中央精版印刷株式会社

【フォーマット・デザイン】
日下潤一

落丁・乱丁の場合は送料双葉社負担でお取り替えいたします。「製作部」宛にお送りください。ただし、古書店で購入したものについてはお取り替えできません。［電話］03-5261-4822(製作部)

ISBN978-4-575-52628-8 C0193
Printed in Japan